MADELINE

Châteauroux. — Typographie et Stéréotypie A. MAJESTÉ.

VIRGINIA F. TOWNSEND

MADELINE

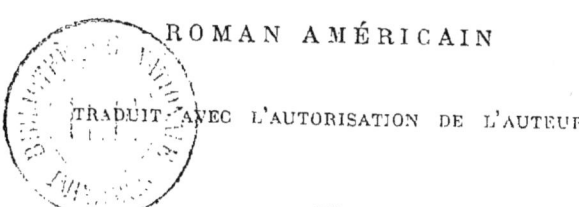

ROMAN AMÉRICAIN

TRADUIT AVEC L'AUTORISATION DE L'AUTEUR

PAR

Mme S. LE PAGE

PARIS

LIBRAIRIE HACHETTE ET Cie

79, BOULEVARD SAINT-GERMAIN, 79

—

1883

MADELINE

CHAPITRE PREMIER

Trois heures venaient de sonner à l'horloge de la ville, et la brise avait à peine fait évanouir les dernières vibrations dans les prairies bordées par la rivière qui passe à Bayberry, lorsqu'une fillette escalada la barrière qui séparait du chemin un grand champ de blé, puis elle resta immobile, elle paraissait écouter. Sa physionomie était joyeuse, comme si elle avait entendu une voix aimée lui parler ; elle pensait que trois heures de l'après-midi est le moment le plus délicieux de la journée.

— N'es-tu pas de mon avis, Silk ? dit-elle en se tournant vers un petit terrier écossais, d'un brun jaune, qui frétillait et gambadait autour d'elle, tantôt en se roulant dans l'herbe, tantôt en mordant sa robe. Il avait un ruban bleu autour du cou, et ses petits yeux vifs avaient des éclairs furieux à travers les mèches de gros poils rudes qui lui tombaient sur le nez. C'était un vrai petit roquet, fort ordinaire du reste, et son corps trop gras faisait involontairement penser à une pelote de laine, qu'on aurait trempée dans un bourbier.

Mais la propriétaire du chien ne vous aurait jamais pardonné une semblable comparaison, elle trouvait Silk une ravissante créature : ses petits yeux féroces étaient, selon elle, comme des étoiles, son vilain poil rude ressemblait à de la soie, — c'est à cause de cela qu'elle l'avait nommé Silk, qui signifie soie, — et enfin son instinct et sa sagacité étaient réellement merveilleux, disait-elle souvent.

Le jour où elle se tient ainsi adossée à la barrière par une belle journée de juin, elle accomplit sa douzième année. Les abeilles, toujours actives, bourdonnent dans l'air ; les oiseaux gazouillent leurs nouveaux chants, et les papillons voltigent de toutes parts.

En face de la petite fille, de l'autre côté du chemin, un grand pâturage descend en pente douce jusqu'à la rivière qui coule au fond de la vallée.

Disons en passant que la ville de Bayberry est bâtie sur les deux bords de la rivière et remonte de chaque côté pour rejoindre les collines qui se trouvent à environ deux milles. C'est une très ancienne cité, située au centre de l'État de New-York ; on y raconte des histoires terribles d'embuscades indiennes, de combats désespérés, d'hommes braves et de femmes héroïques, mais nous n'avons pas à nous occuper de ces temps reculés. Aujourd'hui Bayberry est entouré de tranquilles vergers, et les collines qui l'avoisinent sont parsemées de paisibles fermes ; ses environs sont recherchés par les artistes pour leurs ravissants paysages, par les malades pour l'air pur et sain qu'on y respire.

Revenons à notre héroïne ; une joie intime brille dans ses yeux et leur donne une expression qui les rend magnifiques ; cependant son teint brun, ses traits un peu forts, sa bouche trop grande, feraient passer Madeline Earle, aux yeux de bien des gens, pour une enfant très ordinaire. Mais elle est fort jeune encore ; les années pourront affiner ses traits, et la beauté de l'âme qui se traduit quelquefois sur la figure de certaines femmes pourra aussi ennoblir son expression et lui donner une beauté peu commune. Une masse de cheveux bruns, fins, soyeux et à reflets dorés, entoure sa tête. Évidemment l'enfant s'inquiète peu de se coiffer à son avantage, car ils sont simplement rejetés en arrière et attachés par un ruban noué négligemment; elle tient son chapeau de paille à la main, et il est probable que c'est là sa place ordinaire, si l'on en juge par les taches de rousseur qui couvrent ses tempes; mais Madeline croit que son teint n'a plus rien à craindre. Qu'est-ce qui pourrait gâter une vilaine peau brune? En cela comme en bien d'autres choses, notre amie se trompe, mais quand nous aurons fait plus ample connaissance, nous verrons que c'est toujours à son désavantage qu'elle se méprend. L'enfant n'a pas remué, elle est toujours là, vêtue d'une simple robe de percale rose et blanche, ayant pour tout ornement un collier en or, d'un travail original et qui sans aucun doute est un bijou de famille. Elle fait bien de jouir de tout ce qui l'entoure, car, avant que l'horloge ait sonné ses quatre coups, un grand événement va se produire, un événement qui changera sa vie.

— Je pense qu'après tout, le monde est bien beau, n'est-ce pas, Silk? dit-elle en faisant claquer ses doigts au-dessus de la tête du chien qui sautait en aboyant pour les attraper.

Qui pourrait désirer que le paradis fût plus beau, plus enchanteur qu'un après-midi de juin ! Je savais bien que nous serions bientôt heureux, Silk. Te souviens-tu quand j'ai cueilli le premier crocus, je t'ai dit que c'était une promesse ; cela signifiait : l'été, l'été vient. Silk, je suis joyeuse, bien joyeuse.

Le chien sautait, jappait, et ses petits yeux brillaient en regardant sa jeune maîtresse. Cet aperçu des pensées de cette dernière fera comprendre pourquoi ceux qui la connaissaient disaient souvent d'elle : « Quelle singulière fille ! » Comme elle cessait de parler, elle entendit le roulement de la diligence qui passait sur la grande route à laquelle aboutissait le chemin qui menait à la rivière. Bayberry était à cinq milles seulement de la station et la diligence faisait deux fois par jour le trajet. Tout à coup Madeline l'entendit s'arrêter, puis des ordres, des menaces, des jurements et enfin un cri de détresse. Elle ne pouvait distinguer les mots, mais elle devina la vérité : quelqu'un s'était accroché derrière la voiture, et le cocher l'avait, par un moyen brutal, forcé de descendre. Le fouet claqua de nouveau, les six chevaux reprirent leur allure et Madeline aperçut au bout du chemin le véhicule jaune dans un nuage de poussière.

Madeline avait congé cet après-midi-là et elle était sortie pour faire une partie de plaisir avec Silk ; elle hésitait de quel côté elle devait se diriger quand elle vit quelqu'un quitter la route et tourner dans le chemin. Elle comprit que c'était à cet étranger que le cocher venait de faire quitter la diligence et elle le regarda curieusement ; quant à Silk, il s'élança en avant et se mit à aboyer avec rage, devant cet intrus.

C'était un jeune garçon d'environ treize ans, trapu, aux épaules carrées et à la démarche irrégulière et traînante. Il portait une sorte de paletot d'un grossier drap brun ; son pantalon était sale et frangé par le bas ; le bord de son mauvais chapeau de paille ne tenait plus au fond que par un seul endroit ; ses vieux souliers craqués de côté laissaient passer ses orteils par le bout. Sa figure, aux traits grands et réguliers, était brunie par le soleil et le vent, ses cheveux blonds emmêlés tombaient en grosses mèches sur son front ; ses yeux gris avaient une expression dure et méfiante. Évidemment il n'était pas de l'avis de Madeline, pour lui le monde n'était pas « bien beau ».

Rien dans l'extérieur de ce jeune garçon n'attirait à lui ; au contraire, en le regardant, on était envahi par un sentiment de répulsion. Silk l'avait éprouvé, et sa maîtresse ressentit la même impression.

L'étranger s'avançait et sa figure prenait une expression plus méchante à mesure qu'il s'approchait, tandis que le roquet continuait à aboyer de plus en plus fort et, frémissant de colère, était à tout moment sur le point de sauter sur son ennemi. S'il l'avait fait, Madeline aurait certainement rappelé son chien ; mais elle ne fit rien pour le calmer. Pas plus que Silk, elle n'aimait l'apparence du nouveau venu ; il était maintenant à quelques pas d'elle, et l'animal, au milieu du chemin, semblait plus furieux que jamais.

Peut-être l'enfant crut-il que le chien allait s'élancer sur lui :

— Veux-tu te taire, horrible petite peste ! s'écriat-il.

Madeline rougit. Elle était très vive et aimait beaucoup Silk.

— Je vous prie de ne pas donner d'épithètes à mon chien, dit-elle d'un ton froid et hautain qui contrastait étrangement avec la manière dont elle parlait à Silk quelques instants auparavant.

— Je lui ferai bien autre chose tout à l'heure s'il ne se tait pas ! répondit grossièrement l'enfant.

A ces mots Madeline, les yeux étincelants de colère, fit quelques pas en avant.

— Touchez donc à Silk si vous l'osez ! dit-elle.

Ce n'était ni bien ni sage, mais le caractère de la fillette l'entraînait souvent à des actes qu'elle regrettait plus tard.

Le traitement infligé par le cocher au petit étranger n'était pas fait non plus pour le calmer, et il n'était pas en humeur d'être molesté ; Silk, de plus en plus excité, aurait difficilement pu être emmené maintenant. Un tas de pierres se trouvait aux pieds du jeune garçon, il se baissa, en prit une des plus grosses, et quand il se releva, il y avait une vilaine expression dans ses yeux.

— Va-t'en, va-t'en! cria-t-il d'un ton menaçant sans écouter ce que Madeline disait.

Silk répondit par un long hurlement. Une minute de plus, et il aurait probablement mordu la jambe de son ennemi, mais la pierre avait été bien lancée et avait touché le chien entre les deux yeux.

L'animal hurla, fit en chancelant quelques pas vers la jeune fille et tomba ; il gémit encore une ou deux fois, essaya de lécher la main de sa maîtresse bien-aimée, puis la masse de poil brun frissonna et enfin resta immobile ; Silk était mort. Madeline était à genoux près de l'animal ; quand ses gémissements cessèrent, elle lui leva tendrement la tête, elle vit l'endroit où la pierre aiguë avait frappé son favori ; un cri s'échappa de ses lèvres, un cri qui vous aurait fait mal à entendre, car il venait d'un cœur blessé.

La tête de Silk retomba sur le sol ; Madeline était très pâle.

— Oh ! mon chien est mort ! dit-elle d'une voix étouffée.

Le jeune garçon restait immobile à la regarder. Il y avait dans ses yeux une expression de curiosité et d'étonnement. Il est probable que quand il avait jeté la pierre, il désirait tuer « l'horrible petite peste », mais il n'avait pas cru à un aussi prompt résultat. Il avait entendu le cri et les paroles de Madeline, et il lui semblait n'avoir jamais ouï rien de pareil.

La fillette ne bougeait pas ; assise par terre, les mains jointes sur ses genoux, la tête inclinée, tandis que le soleil dardant ses rayons sur ses cheveux leur donnait des reflets dorés, elle paraissait la personnification de la douleur. Le petit vagabond se sentait mal à son aise ; aussi reprit-il son chemin sans mot dire ; mais à peine avait-il fait quelques pas qu'il s'arrêta et se retourna ; il y avait quelque chose qui le troublait dans l'attitude de Madeline, et puis le cri ! il lui semblait toujours l'entendre résonner à ses oreilles !

Au moment où il se retournait, la jeune fille releva la tête ; leurs yeux se rencontrèrent. A la vue du meurtrier, la physionomie de Madeline changea tout à coup : elle rougit vivement, ses regards exprimèrent une profonde indignation, elle se leva brusquement et s'avança vers le coupable.

— Vilain meurtrier ! méchant garçon ! s'écriat-elle, la colère la suffoquant presque. Vous avez tué mon pauvre petit Silk ! Vous l'avez tué devant mes yeux, je vous ai vu ! Vous êtes bien le plus terrible vagabond que j'aie jamais rencontré ! et vous méritez qu'on vous tue aussi ; je souhaite que quelque chose d'affreux vous arrive ! Je souhaite que vous soyez tué comme l'a été mon pauvre Silk. Oui, je voudrais vous tuer !

Si vous aviez vu le regard de l'enfant, vous auriez compris qu'elle disait bien ce qu'elle pensait.

Le jeune garçon écoutait ; il avait été habitué aux mauvais traitements et à des paroles amères, mais aujourd'hui ce n'était plus la même chose :

— Je vous épargnerai cette peine, répondit-il,

d'un ton bas et désespéré, dans lequel il semblait y avoir une menace.

Il n'avait pas fini de parler que l'expression de Madeline avait déjà changé.

— Allez ! dit-elle en faisant de la main un geste plein de chagrin et de répulsion, allez, je ne veux plus vous voir.

Puis elle retourna s'asseoir auprès de son chien. Alors elle pensa à toutes les parties qu'ils avaient faites ensemble et qu'ils ne recommenceraient jamais ; elle ne le verrait plus frétiller à ses côtés, elle ne sentirait plus son petit nez froid se glisser dans sa main. Il lui sembla que le monde était moins beau, le soleil moins chaud, le ciel moins bleu, depuis que Silk n'était plus. Puis elle pensa à l'auteur de tout son chagrin, aux paroles dures qu'elle lui avait adressées, et à l'horrible désir qui avait un moment rempli son cœur ; elle fut effrayée à ce souvenir. Était-ce possible ! Elle, Madeline Earle, elle avait été meurtrière en pensée ! elle le comprenait maintenant et se faisait horreur. Si les paroles pouvaient tuer, le petit vagabond serait maintenant à ses pieds à côté de Silk et elle le lui avait dit ! il lui semblait que les mots affreux qu'elle avait prononcés étaient écrits tout autour d'elle.

Un remords horrible envahit son âme ; elle se releva et regarda dans le chemin.

Non, les paroles ne tuent pas, car au loin elle apercevait le petit garçon marchant d'un pas inégal.

— Où va-t-il ainsi ? se demanda-t-elle.

Alors l'étrange réponse qu'il lui avait faite lui revint à l'esprit. Qu'est-ce que cela signifiait ?

Au bas du pâturage dont nous avons parlé, le chemin se bifurquait, d'un côté il menait à la rivière, de l'autre il donnait accès à une usine et aux maisons d'ouvriers qui s'étaient groupées autour.

Madeline attendit anxieusement pour voir quelle route il prendrait ; en quelques secondes il eut atteint la bifurcation et se dirigea vers la rivière. A cette vue un cri s'échappa des lèvres de la fillette, et en un clin d'œil elle descendit en courant le chemin que suivait le jeune garçon.

Avant que ce dernier eût eu le temps de se retourner pour savoir qui est-ce qui arrivait ainsi hors d'haleine, une main se posa sur son bras, et il vit devant lui celle qui un instant auparavant l'avait maudit ; mais maintenant ses yeux n'avaient plus leur expression terrible et l'on n'apercevait en elle aucune trace de colère.

— Où allez-vous ? dit-elle en respirant à peine.

Le jeune garçon restait immobile à la regarder. Depuis qu'il l'avait quittée, sa physionomie avait eu une expression de méchanceté et de désespoir tout à la fois ; mais, au moment où Madeline le rejoignit, ce fut l'étonnement qui domina ; il semblait la prendre pour une apparition.

Madeline, les yeux dilatés, la main toujours posée sur son bras, attendait.

— Pourquoi faire êtes-vous venue ici ? répondit-il, sans s'apercevoir que cette question ne répondait pas à ce qu'on lui demandait.

— Parce que je ne désirais réellement pas les horribles choses que je vous ai dites tout à l'heure ; je suis fâchée de vous avoir parlé ainsi.

Les phrases étaient entrecoupées, mais parfaitement compréhensibles. Le jeune garçon, fort étonné, ne répliquait rien et la regardait avec stupéfaction.

Voyant qu'il ne parlait pas, Madeline reprit :

— Je désire que vous oubliiez ce que je vous ai dit tout à l'heure, que vous n'y repensiez jamais. Tout cela a été si soudain ! J'ai été folle pendant un moment quand j'ai vu que Silk était mort.

Tout en parlant, Madeline éprouvait un remords cuisant ; elle sentait qu'elle avait fait une injure irréparable à ce jeune garçon qui devant ses yeux avait tué son petit favori. Il était coupable, c'est vrai, mais qu'est la vie d'un chien en comparaison de celle d'un enfant. Elle voulait réparer, si c'était possible, le mal qu'elle avait fait.

Ses paroles, son expression, son regard firent impression sur le jeune garçon, et un peu ému il balbutia :

— Je.... Je ne voulais pas le tuer.

— Je le crois, et moi je n'aurais pas dû le laisser ainsi aboyer; si j'avais eu l'idée que vous pouviez avoir du chagrin, je n'aurais pas agi comme cela.

Les traits de son interlocuteur se remplirent d'amertume.

— Dites-moi ce qui vous chagrine.

Tout cela était dit si simplement et avec tant de réel intérêt dans la voix, il y avait même tant de repentance dans la façon dont elle le regardait, qu'il hésita : puis il secoua la tête, une sorte d'orgueil le retenait.

Madeline comprit ce qui se passait en lui.

— Peut-être pourrai-je le dire, moi, continuat-elle avec sa franchise ordinaire ; vous étiez fatigué ou.... vous aviez faim, peut-être ?

Les larmes jaillirent des yeux de l'enfant ainsi interrogé.

— J'avais faim, dit-il.

La simplicité de la réponse et le ton dont elle était faite touchèrent profondément Madeline. Elle se rappela qu'un jour elle était allée dans un bois chercher des fougères, et qu'au moment du départ elle avait oublié de prendre le goûter que la tante Rachel avait préparé pour elle ; elle ne s'était aperçue de sa négligence que lorsque, après avoir beaucoup marché et couru, elle avait senti qu'elle avait grand'faim, et il lui avait fallu faire encore une longue course pour rentrer à la maison, où elle était arrivée défaillante. Avoir faim, c'est affreux, pensa-t-elle, puis elle reprit :

— Combien y a-t-il de temps que vous n'avez rien mangé ?

— Pas depuis hier l'après-midi.

Une exclamation échappa à la fillette.

— Pas depuis hier l'après-midi ! répéta-t-elle. Eh bien, venez tout de suite à la maison avec moi et l'on vous donnera à manger jusqu'à ce que vous n'ayez plus faim.

Le jeune garçon hésita ; peut-être un peu d'orgueil le retenait-il, peut-être craignait-il de suivre cette jeune fille dont il avait vu la colère ; mais la faim le pressait, il avait peine à se tenir, et la perspective du festin promis fit pencher la balance.

— Je vous suis, dit-il.

Ils firent quelques pas, puis il s'arrêta et regarda la rivière qui coulait calme et tranquille dans son lit bordé de verdoyantes prairies.

— Que regardez-vous? demanda Madeline avec un sentiment de crainte.

— Je regardais la rivière, répondit-il, puis se retournant il rencontra les yeux de sa compagne.

— Venez, lui dit-elle en frissonnant et en saisissant sa manche, venez.

Ils ne dirent pas un mot de plus, mais ils s'étaient compris.

Bien des années après, lorsque le jeune garçon fut devenu un homme, il dit en racontant son histoire à un de ses amis :

— Je ne puis dire si j'aurais fait le saut fatal ce jour-là ; le courage m'aurait peut-être manqué au dernier moment, mais je sais bien que jamais de ma vie je n'ai eu de résolution plus arrêtée qu'au moment où j'avais repris mon chemin, laissant derrière moi le petit chien mort et sa maîtresse assise auprès ; mettez-vous un moment à ma place, pas un ami au monde, pas un centime dans ma poche ; à jeun depuis vingt-quatre heures, éreinté par une course de vingt milles qui me creusait les entrailles, j'avais des haillons pour vêtements et des souliers en lambeaux. La rivière aurait mis fin à tout cela ; quant à travailler, depuis trois jours j'avais demandé de l'ouvrage partout ; mais quel fermier a besoin d'un enfant qui n'a jamais fait autre chose que de rôder dans les rues, qui n'a jamais conduit une paire de bœufs, ne saurait pas mener les vaches au pâturage et pour lequel tout travail champêtre est aussi inconnu que le sanscrit.

Je suis certain que Madeline Earle, en posant sa main sur mon bras et en me regardant avec ses yeux profonds, m'a sauvé ce jour-là ; elle a été l'ange que Dieu m'envoyait pour.... Ici le jeune homme s'arrêta et changea de conversation. Son ami ne connut jamais la fin de sa pensée.

— Comment vous appelez-vous ? demanda Madeline tout en cheminant.

— Roland Bell.

Au moment où il faisait cette réponse, ils arrivaient en vue de l'endroit où Silk gisait mort ; Madeline lui jeta un coup d'œil, puis se tourna vers son compagnon ; elle rencontra son regard plein de chagrin et de remords. Mais le souvenir de la course folle qu'elle avait faite pour rejoindre Roland et les sentiments qui l'agitaient alors avaient effacé toute rancune, et il lui sembla que bien du temps s'était écoulé depuis le fatal événement.

— Cela ne fait rien, dit Madeline répondant au regard du jeune garçon avec un sourire qui transformait et embellissait sa figure ; cela ne fait rien.

Les lèvres de Roland tremblèrent et de grosses larmes remplirent ses yeux. Décidément il y avait une âme sous ces grossiers vêtements et cette rude écorce, et Madeline en avait trouvé le chemin.

A ce moment l'horloge sonna quatre heures. Était-il possible qu'une heure seulement se fût écoulée depuis le moment où elle avait gaiement escaladé la barrière avec son petit chien gambadant à ses côtés ? Elle ne pouvait croire qu'en si peu de temps la joie qui envahissait son âme eût fait place à ces sentiments affreux qui eux-mêmes étaient remplacés par un bonheur intime et profond.

Quand ils eurent quitté le chemin pour la route, ils aperçurent une grande maison large et basse, dont la façade était, dans toute sa longueur, ornée d'une sorte de galerie couverte sur laquelle s'ouvraient les fenêtres du rez-de-chaussée ; des rosiers et des chèvrefeuilles grimpaient le long des murs et entouraient les piliers de leurs gracieuses guirlandes de feuillage et de fleurs.

Devant la maison s'étendait une grande pelouse parsemée de vieux cerisiers ; l'aspect de cette habitation était charmant et respirait la fraîcheur et la paix.

— Nous voici chez nous, dit Madeline, en entr'ouvrant la grille d'entrée.

Roland la suivit sans parler.

La fillette, toujours escortée de son compagnon, entra dans une grande pièce bien fraîche, où un monsieur à cheveux blancs, à la figure douce et calme, était assis et lisait son journal.

Près de lui une petite femme mince, à l'air actif, vêtue d'une robe de soie noire et coiffée d'un bonnet blanc, travaillait.

Le lecteur, qui pouvait avoir une soixantaine d'années, était le père de Madeline ; la petite dame aux yeux vifs était son unique sœur, de quelques années plus jeune que lui.

Tous deux levèrent la tête au bruit de la porte poussée par Madeline.

— Qui est-ce que tu nous amènes là ? dit la tante d'un ton peu encourageant, avec un regard qui n'adoucissait pas ses paroles.

Évidemment le compagnon de sa nièce ne lui plaisait pas.

— Il s'appelle Roland Bell, tante Rachel ; je l'ai

amené tout simplement parce qu'il meurt de faim, il n'a rien mangé depuis vingt-quatre heures.

La voix de l'enfant était claire, chaque syllabe était nettement prononcée, il y avait un peu de défi dans son ton, en réponse au regard de la vieille dame; mais cette précaution était inutile; si l'écorce de tante Rachel était piquante, le cœur qu'elle recouvrait était bon et tendre.

M. Earle fit entendre une exclamation ; sa sœur se leva précipitamment et se dirigea vers la porte près de laquelle le jeune garçon en haillons se tenait un peu honteux.

— Venez avec moi, dit-elle, sans se départir tout à fait de son air raide.

Elle le conduisit dans une grande salle assombrie par les rideaux fermés, elle en ouvrit un et le jour qui pénétra, éclaira une table recouverte d'une nappe blanche ; elle la souleva, et les yeux ébahis de Roland admirèrent les restes d'un goûter qui avait été servi à des visiteurs repartis quelques instants avant son arrivée.

Des biscuits, du beurre bien frais, de la crème, des confitures, des fruits, couvraient la table. La tante Rachel ouvrit un buffet, en tira des morceaux de poulet froid et les plaça devant Roland, après l'avoir fait asseoir.

— Maintenant, mangez autant que vous pourrez et de tout ce que vous voudrez.

Le jeune garçon obéit, et, dans son étonnement et sa joie, il oublia de remercier son hôtesse. Qui pourrait l'en blâmer?

Madeline vint bientôt et s'occupa de son protégé, tandis que tante Rachel était réclamée au salon.

Tel fut le premier repas de Roland Bell à Bayberry, et ce ne devait pas être le dernier.

CHAPITRE II

Transportons-nous quatre ans plus tard dans un autre milieu.

— Oncle Donald, disait Lina, oncle Donald, à quoi cela sert-il de vouloir faire de l'autorité, quand tu sais fort bien que tu finiras par dire : Oui.

— Et pourquoi finirai-je par là, ô Titania, reine des fées ?

— Parce que c'est écrit ; parce que Guy et moi le désirons ; que, malgré tes gronderies et les airs sévères que tu prends, tu es très bon, et que tu ne pourras jamais avoir le courage de me refuser.

— Parce que je suis une vieille tête grise, un vieux sot, parce que je me laisse conduire par le bout du nez par deux enfants terribles comme toi et Guy, parce que je suis faible, stupide, et...

— Mon oncle, je ne veux pas t'entendre te donner toutes ces affreuses épithètes, je vais finir ta phrase : parce que tu es l'oncle le meilleur et le plus aimé du monde entier.

— Ma chérie, je me rends à discrétion ; je suis écrasé sous cette avalanche de compliments. Tu me ferais rougir comme une jeune fille si je ne savais que tu te moques de moi. Mais, ma jolie petite chatte, tu me flattes pour me faire consentir ; les femmes en viennent toujours à leurs fins, même quand elles ont affaire à de vieux garçons de cinquante ans. Donc, demain, nous irons voir Guy ramer à sa course de bateaux.

La jeune fille battit des mains en riant. C'était une douce musique pour l'oncle que le rire jeune et frais de cette enfant bien-aimée à laquelle il s'était dévoué depuis treize ans.

La pièce dans laquelle se trouvaient les deux interlocuteurs était grande et luxueusement meublée ; l'harmonie des teintes trahissait des goûts artistiques, les tables étaient chargées de livres ; de beaux bronzes ornaient les étagères, quelques bonnes toiles dispersées sur les murs dénotaient la connaissance du propriétaire en fait de peinture.

Des fenêtres on apercevait une pelouse qui se déroulait en s'abaissant légèrement ; plus loin, les eaux bleues de l'Hudson, et comme fond au tableau, les collines dans un lointain bleuâtre.

La maison, recouverte d'un enduit gris clair, avec ses gracieux balcons sur la façade, et les galeries de chaque côté, faisait fort bon effet sur la petite colline ; l'extérieur et les alentours se ressentaient du bon goût des habitants.

A une heure et demie par l'omnibus était la grande cité, dont on apercevait au loin les fumées s'élevant vers le ciel bleu par ce jour d'été.

Mais revenons aux deux causeurs ; la jeune fille dont nous venons de faire la connaissance était une charmante créature, on aurait dit que la nature s'était complue dans son ouvrage : tout en elle était fin et bien proportionné. On aimait à regarder ses joues roses et fraîches, son menton bien arrondi, son front blanc, ses beaux yeux bleus si grands, ses lèvres si rouges. Ses cheveux blond cendré s'échappaient en mèches capricieuses autour de sa tête ; tout cela formait un joli ensemble, mais encore bien enfant : restait à savoir quelle femme en sortirait.

— Oncle Donald, reprit-elle en cessant de rire, mais en clignant de l'œil, vraiment tu es bien drôle, sais-tu ?

— Tu crois, chérie, et sous quel rapport ? J'aime

bien de temps en temps à me voir avec les yeux des autres.

— Tu ne vas jamais droit ton chemin avec Guy et moi, tu fais des circuits ; tu ne dis jamais oui tout de suite, mais tu tiens ta décision suspendue au-dessus de nos têtes pour nous taquiner, même quand tu sais que tu laisseras tomber sur nous ta permission tout comme une cerise mûre dans notre bouche.

— Ainsi, j'ai l'habitude de vous taquiner ? et je dois prendre toute cette critique comme un conseil délicat de changer ma manière d'agir ? C'est bien difficile de réformer les hommes de cinquante ans, mon enfant.

— Je ne veux rien réformer du tout. Je n'ai jamais pensé à donner de délicats conseils. Je t'aime comme tu es, oncle Donald, avec tes taquineries et la malice de tes yeux ; pour rien au monde, je ne voudrais te voir changer.

— Merci, ma chérie ; quelle bonne manière tu as de me flatter. Je voudrais... — sa voix et sa figure prirent une expression sérieuse, — je voudrais être aussi content de moi que tu parais l'être.

— Eh mais ! mon oncle, sous quel rapport voudrais-tu donc te changer ?

Cette fois elle parlait plus sérieusement et le regardait avec étonnement.

— Oh ! sous bien des rapports. Je voudrais pouvoir quelquefois dire « non » carrément et m'y tenir même quand une petite fée m'ensorcelle pour me faire dire « oui » contre mon jugement et mes convictions.

— Ah ! mais tu peux quelquefois nous refuser, et cela d'une façon irrévocable, tellement que tu me fais penser à Jupiter, dont un froncement de sourcil faisait trembler tous les dieux de l'Olympe. Demande plutôt à Guy.

— Guy, le mauvais sujet, il avait promis d'être de retour à deux heures, et il en est plus de quatre. Tout en parlant, l'oncle Donald jetait les yeux sur la pendule surmontée d'une jolie Diane de Gabie.

— Il n'a encore jamais tenu sa promesse de revenir tôt quand il va à New-York. Il n'a certainement pas l'idée de manquer à sa parole, mais il rencontre quelque camarade de collège, ou bien il va à quelque matinée et il ne revient pas en temps. Je suppose que tous les garçons de l'âge de Guy aiment à s'amuser, oncle Donald.

— Je le crois aussi, ma chérie.

Ces dernières paroles étaient dites d'un ton sérieux où il y avait du regret et aussi de l'inquiétude.

M. Donald Duncan était de petite taille, il avait les épaules carrées et paraissait solidement bâti ; son teint était brun ; ses cheveux et sa barbe abondants, encore d'un beau noir, étaient cependant parsemés de quelques filets d'argent.

Il avait l'air intelligent, et sa tête un peu forte avait une expression remarquable ; mais ce qui attirait en lui sans qu'on s'en rendît compte, c'était l'expression d'extrême bonté qui brillait dans ses yeux gris.

Il alla s'étendre dans un fauteuil et prit un livre, c'était probablement Spencer ou Ben Johnson, car il avait une véritable passion pour la littérature anglaise du temps d'Élisabeth, ou encore pour Shakespeare ou Milton avec lesquels il passait chaque jour quelques moments.

Son neveu et sa nièce lui disaient en riant qu'il vivait plutôt dans le temps d'Élisabeth ou de Jacques Stuart que dans le sien propre.

— Très probablement, répondait-il alors. Mais soyez sûrs qu'un homme qui a appris à comprendre le caractère du seizième et du dix-septième siècle saura comprendre le dix-neuvième.

Au moment où il s'installait dans son fauteuil,

Lina, frappée du ton sérieux dont il avait prononcé ces derniers mots, reprit :

— Mais, mon oncle, est-ce que tu n'aimais pas à t'amuser quand tu avais l'âge de Guy.

Tout en causant avec lui, la jeune fille avait papillonné de tous côtés dans le salon ; maintenant elle se tenait debout devant lui, toute charmante dans sa robe blanche ornée de nœuds bleu pâle.

— Je n'en sais trop rien, mon enfant ; à l'âge de Guy, je n'avais jamais le temps de m'amuser.

Depuis longtemps déjà Lina avait l'idée que son oncle avait eu des chagrins dans sa jeunesse ; mais cette croyance avait toujours été un peu vague ; elle ne s'était jamais demandé en quoi consistaient les épreuves par lesquelles il avait passé. Jamais non plus son oncle n'en avait tant dit devant elle ; s'il avait réfléchi, il n'aurait peut-être pas prononcé ces quelques mots, mais à ce moment son esprit était préoccupé.

— Vraiment, mon oncle, as-tu été si malheureux que ça, je ne l'avais jamais cru ; et la voix de Lina était altérée.

— Oui, ma chérie, j'ai été malheureux, mais, je t'en prie, ne prends pas cet air chagrin. J'avais pensé qu'il valait mieux vous laisser ignorer tout cela, à toi et à Guy. Quand je vous pris chez moi, je résolus que les épreuves qui avaient pesé si lourdement sur mes jeunes épaules vous seraient épargnées autant qu'il serait en mon pouvoir. Et depuis quelque temps je me demande si j'ai eu raison en agissant ainsi. Le bonheur et le plaisir ne suffisent pas pour former un homme, il faut aussi quelques épreuves.

Guy est un charmant garçon, généreux, aimable, heureux de tout point ; mais c'est aussi un jeune fou, insouciant, extravagant, ne pensant qu'au plaisir ; il ne se doute pas que la vie est autre chose qu'une vacance perpétuelle sous un ciel sans nuages ; il ne sait pas qu'elle est semée d'épines, et que c'est à force d'efforts, souvent vains, qu'on arrive au but.

— Tu m'effrayes, oncle Donald, tu m'en coupes la respiration ! je suis sûre que Guy serait pétrifié de t'entendre parler ainsi.

— Le crois-tu? eh bien ! essayez ! s'écria une voix juvénile venant de la fenêtre ; en un clin d'œil on vit entrer un jeune homme grand, mince, élancé, beau garçon en un mot, et qui agitait gaiement son chapeau au-dessus de sa tête.

— Guy Duncan ! s'écria sa sœur avec un frais

éclat de rire, es-tu vraiment revenu ? je ne t'atten-
dais pas avant le coucher du soleil ; nous savons
que, quand tu vas à New-York, tes promesses de
retour sont écrites sur le sable. Mon oncle et moi
avons causé de toi.

— Je m'en suis aperçu en t'entendant faire la
remarque que quelque chose que mon oncle disait
m'aurait pétrifié. C'est une forte tentation, même
pour un homme d'honneur, qu'une curiosité excitée et une si bonne occasion d'écouter ce qu'on dit
de lui, sans être vu ; seulement en général on n'entend jamais que des choses peu flatteuses. Aussi
me suis-je empressé de vous faire savoir ma présence. Qu'est-ce que mon oncle disait, qui m'aurait
pétrifié, Lina ? Aie pitié de moi, ne me laisse pas
sur le gril.

Tandis qu'il se tenait debout au milieu du salon,
il semblait défier toute critique. Ses traits avaient
beaucoup de rapports avec ceux de sa sœur, mais
les cheveux, les yeux et le teint étaient notablement
plus foncés.

Il est probable qu'il possédait tous les défauts
énumérés par son oncle, mais nous venons d'avoir
la preuve qu'il était honnête et loyal.

Lina, ou plutôt Angélina, car ce premier nom
n'était qu'une abréviation qu'on avait adoptée

d'après l'habitude qu'elle avait prise de s'appeler ainsi, quand elle était toute petite; Angélina regarda alternativement son oncle et son frère :

— Je ne crois pas que je te tire d'incertitude ; mais, Guy, pourquoi n'es-tu pas rentré pour goûter avec nous, comme tu l'avais promis ?

— C'est bien simple, enfant ; je venais de finir mes courses et je me disposais à aller prendre un omnibus de la quatrième avenue, car je n'avais que juste le temps d'arriver pour le train, quand je suis tombé sur un vieux camarade, Tom Hollingshead ; il revient d'un voyage de six mois sur le continent. Il a beaucoup gagné, a énormément grandi et est aussi brun qu'un indien. Nous avions une foule de choses à nous dire et nous sommes entrés chez Delmonico [1]. Voilà la raison qui m'a empêché de revenir goûter avec vous, mademoiselle Lina Duncan : mon excuse vous satisfait-elle ?

— Peut-être, je ne sais pas, demande à mon oncle, Guy, répondit Lina sérieusement, car la conversation que l'arrivée de son frère avait interrompue l'avait impressionnée.

Le jeune homme, qui avait à peine trois ans de plus que Lina, s'approcha d'elle, l'entoura de ses

1. Restaurateur à la mode.

bras, la regarda attentivement et dit avec les yeux brillants de gaieté :

— Petite reine Mab, tu n'es pas fâchée contre moi, n'est-ce pas ? Allons, embrasse-moi, dis que tu me pardonnes, et personne, ni camarade ni ami, n'aura le pouvoir de me retenir d'ici à la fin des vacances.

Il·était si beau ainsi, et il avait, malgré son air pénitent, une expression si drôle et si gaie, qu'il n'y avait pas moyen de se fâcher contre lui, puis Lina aimait son frère plus que tout au monde, excepté peut-être son oncle, et encore l'affection qu'elle portait à ces deux hommes était si différente qu'ils pouvaient se flatter d'occuper tous les deux la première place dans le cœur de la jeune fille.

— Oui, méchant taquin, qui ne tiens jamais tes promesses, je te pardonne pour la millième fois, puis, se levant sur la pointe des pieds, elle embrassa le coupable, pendant que l'oncle regardait « les enfants », — comme il aimait à les appeler, — avec des yeux remplis de tendresse.

Guy enleva sa sœur et la posa sur un sofa près de son oncle.

— Tom m'a promis de venir demain à notre course de bateaux. C'est un charmant garçon, Lina, je suis sûr qu'il te plaira.

— Puisque c'est ton ami, cela ne fait pas de doute. Guy, j'ai si bien enjôlé notre oncle qu'il m'a promis de me mener demain à la course.

— Bravo ! mon oncle ; je savais bien que Lina te déciderait, malgré les nombreux refus que j'ai essuyés. — Mais avez-vous donc des papillons noirs que vous ne me parlez pas ?

Le sourire qui vint sur les lèvres de M. Duncan donna à son visage une expression d'extrême bonté.

— Non, mon ami, mais je me demande quelle sorte d'homme tu deviendras, et si j'ai bien agi envers toi depuis que je me suis chargé de t'élever.

Le ton de l'oncle Donald était très sérieux et ces mots firent évanouir la gaieté de Guy ; il était fier, un peu susceptible et il se sentit blessé.

— Tu peux *te demander* ce que je serai ; mais j'espère au moins que tu *ne crains* rien, oncle Donald.

— Ah ! Guy, quand tu seras aussi vieux que moi et que tu porteras tes regards en arrière, tu comprendras que c'est la présomption de la jeunesse qui te fait parler ainsi ; tu verras peut-être aussi combien je me serai trompé.

— Oncle Donald, je ne te comprends pas. Qui blâmes-tu ?

MADELINE. 3

— Moi en première ligne, quand je pense à la manière dont je vous ai choyés, dorlotés, caressés, depuis treize ans! Ma parole, si j'avais été élevé comme cela, je ne réponds pas de ce qui serait advenu; il me semble que mes meilleurs penchants eussent été complètement gâtés.

— Non, certainement non, s'écria Lina; je ne peux pas répondre pour Guy et pour moi, mais pour toi, non, j'en suis sûre.

Guy se leva et alla se placer devant son oncle.

— Mon oncle, dit-il avec enjouement, quel tort as-tu pu me faire?

— Et à moi, s'écria Lina en s'élançant à côté de son frère.

M. Duncan les regarda tous deux; sa vie s'était concentrée dans ces enfants qu'il adorait.

— Je ne puis pas répondre à cette question, dit-il avec une solennité qui étonnait chez lui, et vous ne le pouvez pas non plus; mais il arrivera un temps où vous en serez capables, ce sera le jour où la lutte viendra pour vous, comme elle vient pour tout être humain; alors seulement vous saurez de quel métal vous êtes faits.

Guy était devenu très sérieux.

— Mon oncle, dit-il, quand l'heure de l'épreuve

viendra, je lutterai comme un homme, je te le, promets.

— Je n'en veux pas douter, Guy, et peut-être, après tout, ai-je eu raison. Puis il ajouta en se parlant à lui-même : En tout cas j'ai cru bien faire alors.

— Alors ? quand donc ? demanda Lina en posant sa main sur le bras de son oncle.

— Il y a bien longtemps, ma chérie, si longtemps que tu ne peux t'en souvenir, car tu venais d'avoir deux ans, et Guy n'en avait pas encore cinq. C'était la première fois que je vous voyais, vous étiez dans une pauvre et misérable petite chambre d'une des plus affreuses rues de New-York.

— Ah ! je me souviens, dit Guy, mais en effet il y a si longtemps que c'est comme un mauvais rêve.

— C'est ce que je désire, mon cher, mais alors c'était un fait parfaitement palpable ; j'arrivais de l'Amérique du Sud, où j'avais passé dix-sept ans à travailler autant que les forces humaines le permettent, attendant et désirant ardemment revoir mon pays ; enfin j'étais arrivé à mon but, j'étais riche. Votre père, — mon pauvre frère, — était mort depuis un an, et votre jeune mère, si belle et si charmante, depuis un mois.

Je n'avais que vous de parents au monde, et vous n'aviez que moi pour vous aimer, vous élever et vous donner un foyer ; quoiqu'il fût pauvre, le fils de la vieille bonne de votre mère vous avait ouvert son cœur et son logis, et s'il n'avait pas agi ainsi et ne m'avait pas écrit, j'aurais été obligé de vous chercher dans tout New-York, que je ne connaissais plus, l'ayant quitté depuis si longtemps.

Je me souviens, comme si c'était hier, que Lina vint à moi en trottinant, mit ses bras autour de mon cou et me dit dans son jargon enfantin : « Oncle Donald, maman est morte, prends Guy et moi, veux-tu ? » Et je jurai de vous recueillir, de vous épargner autant que je le pourrais la pauvreté et les épreuves que j'avais eu à combattre ; pour vous le chemin serait semé de fleurs ; ma fortune et mes soins vous abriteraient contre tout vent violent, et votre vie serait entourée de bien-être et de luxe. J'ai rempli de duvet le nid de mes petits oiseaux; mais est-ce de semblables nids que s'échappent les âmes héroïques ? Si je m'étais trompé pourtant ?

— Mon bon cher oncle, dit Lina les larmes aux yeux en allant lui donner une caresse, je comprends maintenant ce que tu voulais dire.

Guy ne parla pas, mais il y avait dans ses yeux une expression jusqu'alors inconnue.

— C'est le droit de la jeunesse, continua M. Duncan, en se parlant à lui-même, de jouir de son bon temps autant qu'elle le peut, d'aimer le plaisir et d'être insouciante. Mais il n'est jamais entré dans les plans de Dieu que la vie fût une succession ininterrompue de plaisirs. Tôt ou tard il éprouve chaque âme, et si elle n'est pas forte et bien trempée, elle ploie, tombe et succombe.

Guy respira longuement.

— Je ne sais ce qui peut advenir, dit-il avec une indécision qui contrastait singulièrement avec sa manière d'être habituelle, mais je ne crois pas que tu m'aies gâté, mon oncle.

— Ni moi non plus, ajouta Lina.

A ce moment la cloche du dîner sonna ; sans qu'ils s'en fussent aperçus, pendant qu'ils causaient ainsi, le soleil s'était couché et était remplacé par le crépuscule, cette heure si particulièrement agréable au mois de juin.

— En voilà assez là-dessus, dit M. Duncan en se levant. Je ne puis rien changer à ce qui est passé, et si je pouvais recommencer ces treize années, je crois bien que j'agirais encore comme je l'ai fait ; quand vous serez arrivés au moment de la lutte,

Dieu veuille vous soutenir et vous aider. Maintenant, Guy, parlons de demain.

Il est à remarquer que quand l'oncle Donald s'était plongé pendant quelque temps dans ses livres ou ses pensées sérieuses, il en ressortait avec la fraîcheur et la gaieté d'un jeune garçon. Avant que Guy eût eu le temps de répondre, un domestique entra demander des ordres à son maître ; Lina en profita pour se glisser près de son frère, en lui disant à l'oreille :

— Tu sais maintenant ce qui devait te pétrifier.

— Oui, chérie, je le sais.

CHAPITRE III

— Eh bien ?

Ces deux mots si simples étaient prononcés avec un tel mélange de vivacité, d'anxiété, d'espérance et de crainte, qu'ils voulaient dire beaucoup de choses. Cette question était adressée par une jeune fille à un jeune homme qui ne semblait pas pressé de répondre. Il se tenait d'un côté de la pompe, située au milieu de la grande cour de la ferme, et elle de l'autre. A droite on apercevait un verger dont les pommiers chargés de fruits charmaient les yeux.

Il n'y avait rien, sur la figure du jeune homme, qui pût trahir ses sentiments ; elle était calme et avait pris une expression impénétrable au moment où, enjambant la basse clôture qui séparait la cour

de la route, il avait vu la jeune fille sortir vivement par la porte de derrière, franchir le gazon,
passer par-dessus les bordures de fraisiers, et
entrer dans la cour. Il savait qu'elle avait guetté
son retour tout l'après-midi, et pourquoi elle avait
mis sa jolie robe de cachemire bleu. Cependant il
s'était arrêté près de la pompe et avait tranquillement pris à boire dans le gobelet qui y était suspendu par une chaîne. On sentait que cette impas-
sibilité n'était qu'un masque. Mais quelle idée
de s'arrêter à boire à la pompe, — ce qu'il ne faisait jamais, — plutôt que d'entrer prendre les
rafraîchissements toujours préparés dans la salle
à manger.

Tout en buvant, le jeune homme regardait le
visage curieux de sa compagne ; évidemment il
jouissait de son impatience et s'amusait à garder
son secret, mais il est probable que ce court silence lui pesait autant qu'à elle et qu'elle le savait,
habituée comme elle l'était depuis quatre ans à ses
manières d'agir.

Enfin le masque d'indifférence tomba tout à
coup et fut remplacé par la joie du triomphe. Il
prit son chapeau, qu'il agita en l'air, puis s'écria
d'un ton joyeux :

— Oui, Madeline, j'ai le prix.

— La joie de la jeune fille fut moins bruyante sans être moins intense.

— Ah ! Roland, j'étais sûre que vous l'auriez. Je suis si contente, comment puis-je assez vous complimenter ?

— Vous l'avez déjà fait, Madeline. Je n'ai pas pu m'empêcher de vous en faire mystère un instant, rien que pour voir votre figure. Mais je ne voulais pas vous taquiner.

— Oh ! je sais cela, répondit-elle avec un mouvement de tête, mais vous êtes un garçon et vous faites comme les garçons. Il faut bien s'y habituer. Comme papa et tante Rachel vont être fiers et heureux !

— Oui, je le crois ; mais, en quittant mes camarades qui m'acclamaient et m'applaudissaient, je me suis dit : Je vais d'abord le dire à Madeline, car cela lui fera plus de plaisir qu'à tout autre.

Le visage de la jeune fille s'illumina en entendant son compagnon s'exprimer ainsi.

— Vous avez raison, Roland, personne ne peut être plus heureux que moi ; mais où est la médaille ?

— Je ne l'ai pas apportée aujourd'hui pour plusieurs raisons ; pourrez-vous attendre à demain ?

— Oh oui, répondit-elle un peu désappointée. Je suppose qu'on la garde pour la soumettre à l'admiration générale. Elle est en or, naturellement?

— Certainement, répondit-il avec un sourire, en pensant que cette question était bien d'une fille, et elle vaut vingt-cinq dollars aujourd'hui comme dans dix ans.

Il s'arrêta un moment, puis ajouta d'un ton grave, en la regardant sérieusement :

— Savez-vous, Madeline, que c'est la première fois, depuis que je suis chez vous, que j'ai vraiment gagné quelque chose.

— Mais, Roland, c'est absurde; songez donc combien vous êtes utile à papa.

— Peuh! dit Roland avec dédain, peut-être assez pour payer ma nourriture, mais le reste est pur don de votre part; croyez-vous que je ne m'en sois pas rendu compte depuis quatre ans, Madeline? Et il la regarda avec une expression qu'elle ne lui connaissait pas.

— Personne n'a jamais considéré cela à ce point de vue, Roland. Nous n'avons jamais désiré que vous le preniez ainsi, ne le savez-vous pas? s'écria la jeune fille, moitié blessée, moitié fâchée.

— Certainement, je le sais, et je suis persuadé que vous me comprenez, répondit-il avec un peu de reproche dans la voix, comme quand on s'adresse à une personne dont on est parfaitement sûr de connaître le caractère.

Et il resta immobile, faisant tourner son chapeau sur sa main. On ne l'aurait jamais reconnu pour être le même jeune garçon qui, quatre ans auparavant, avait pris le petit chemin descendant à la rivière de Bayberry ; quelquefois, en pensant à ce temps-là, il se demande si en effet c'est bien lui ! Tout cela lui semble si loin, qu'il ne peut croire que ce soit le même monde où il a été si malheureux, si misérable pendant longtemps, et où maintenant il est heureux, choyé, aimé.

Il est grand et fort, son allure est vive et assurée, son teint est brun et ses épais cheveux châtains entourent une figure aimable et intelligente, qui n'a rien de particulièrement beau, mais qu'on aime à regarder. Il est vêtu d'un costume complet gris, comme la plupart des élèves de l'École supérieure, à laquelle il vient de remporter le premier prix. Son col et ses manchettes sont d'une blancheur éblouissante : évidemment une femme veille à ce que rien ne lui manque.

Madeline a moins changé que son compagnon,

et on la reconnaîtrait au premier coup d'œil ; toute-fois il y a quelque chose dont on ne se rend pas bien compte. Elle a sensiblement grandi, les taches de rousseur ont presque entièrement disparu, ses yeux semblent plus foncés, son teint est plus clair, ses traits plus fins, et son expression charmante ; cependant elle paraît extrêmement jeune, c'est à peine si on peut croire qu'elle a seize ans. Mais la nature n'a pas achevé son œuvre en elle.

Tout à coup le chapeau de Roland s'arrêta dans ses évolutions et son propriétaire respira longue-ment, pendant qu'une certaine rougeur envahissait son visage.

— Madeline, dit-il en se tournant vers elle et la regardant dans les yeux, il y a quelque chose que je désire vous dire depuis longtemps. Mais l'entrée en matière est si difficile que je n'ai jamais pu m'y décider jusqu'à présent ; je suis si maladroit.

Elle était aussi persuadée que son ami de la mala-dresse des garçons, et elle croyait fermement qu'ils ont quelquefois besoin de l'instinct délicat d'une femme pour les retirer des embarras où leur caractère aventureux les fait si souvent tom-ber.

Et à ses yeux Roland était toujours resté ce qu'il était à son arrivée, un enfant, malgré l'opinion des jeunes filles de sa connaissance qui le trouvaient un charmant cavalier.

Mais dans ce moment la curiosité de Madeline était trop excitée pour qu'elle pensât à s'occuper de la maladresse de Roland. Un secret est si tentant pour l'imagination d'une jeune fille ! Qu'est-ce que Roland allait lui dire ?

Mais cette grande cour de ferme pleine de bestiaux, bordée d'un côté par un chemin, de l'autre par une grange, n'était pas un endroit convenable, aux yeux de notre amie, pour entendre un secret ; Madeline avait sur beaucoup de choses des idées tout à fait particulières qui faisaient que tante Rachel disait toujours en parlant d'elle : « C'est une fille si singulière ! » et elle en éprouvait autant de chagrin que si la jeune fille eût été boiteuse ou imbécile.

Il faisait un de ces beaux jours d'octobre où le ciel est d'un bleu foncé ; les arbres commençaient à prendre les belles teintes de l'automne, et la campagne était ravissante ; on était à cette époque de l'année que les Américains appellent l'été indien.

— Venez dans le verger, Roland, dit Madeline en posant légèrement sa main sur le bras du jeune homme, et elle lui montra le chemin ; tout en la suivant il avait l'air sérieux. Quelque fût son secret, il était important pour lui ; à ce moment son enfance se représentait à son esprit comme un spectre terrible, traînant après lui la misère et la dégradation.

Ils s'assirent tous deux sur une pierre couverte de mousse, qui se trouvait ombragée par un pommier chargé de fruits.

— Voilà une bonne place pour causer, Roland, dit Madeline avec une expression de satisfaction, puis elle regarda son ami et attendit.

Il paraît que parler était plus difficile qu'elle ne l'avait cru, car il gardait le silence. Il aurait voulu oublier pour toujours son triste passé si sombre, si lugubre en comparaison de sa vie actuelle ; avec quel plaisir il aurait fait avec son amie une de ces bonnes parties de jeu qu'ils se permettaient encore en se persuadant qu'ils étaient toujours enfants, ce qui était bien un peu la vérité.

Mais, après y avoir longuement réfléchi, Roland était arrivé à penser qu'il devait bien à Madeline, sinon à M. Earle et à tante Rachel, le récit de sa vie, dont il n'avait jamais pu se décider à parler jusque-là ; et maintenant que le moment était venu, il ne voulait pas reculer, quoi qu'il pût lui en coûter.

Madeline attendait patiemment comme elle l'a-

vait fait près de la pompe un instant auparavant ;
elle était habituée aux manières de Roland, et
comment ne l'aurait-elle pas été ? Pendant quatre
ans ils ne s'étaient pas quittés, les études, les chagrins, les plaisirs, tout avait été en commun, ainsi
qu'entre frère et sœur. Dans ses promenades à
pied, à cheval ou en bateau, Roland avait pour
compagne fidèle Madeline, qui jouissait profondément de la société d'un enfant de son âge, bonheur
dont elle avait été privée jusque-là. Tante Rachel
n'approuvait pas cette manière d'être ; elle trouvait
que sa nièce avait parfois des goûts trop mascu-
lins ; elle l'aurait voulue calme, douce, sérieuse,
préférant des occupations bien féminines à toutes
ces allées et venues ; mais M. Earle avait tâché
de rendre sa sœur plus indulgente, en lui répé-
tant :

— Hum ! mais, Rachel, on n'est jeune qu'une
fois et il faut que les vieux comme nous s'en sou-
viennent.

Enfin Roland commença brusquement :

— Madeline, je veux vous parler du temps où je
ne vous connaissais pas encore.

La jeune fille rougit. Elle ne s'était pas attendue
à cela. Il n'avait jamais fait allusion à ce temps-là
après le premier mois passé à Bayberry. Elle posa

doucement sa main sur le bras de son ami et, désirant lui éviter un récit pénible :

— Il n'est pas utile de m'en parler, dit-elle.

— Si, c'est utile, il faut que vous sachiez tout.

Il semblait que, la glace une fois rompue, la tâche qu'il s'imposait fût moins difficile.

— Je n'ai jamais pu, depuis que je suis ici, me décider à vous raconter ma triste histoire. C'était encore trop près de moi ; c'était comme un horrible cauchemar qui me poursuivait. Je voulais oublier ce qui avait rendu mon enfance si misérable, surtout quand, après avoir été ici quelque temps, je sus pour la première fois ce que c'est que d'avoir un foyer, une famille, et d'être aimé, comme vous m'avez aimé, moi, le pauvre vagabond. Je sentis grandir en moi le désir de vous appartenir, de faire vraiment partie de votre famille, et il me sembla que, si je vous dévoilais mon passé, cela m'éloignerait de vous ; mais, chère Madeline, vous ne pouvez pas comprendre cela.

Il était debout, appuyé contre le petit mur qui séparait le verger de la cour et regardait attentivement la jeune fille.

— Si, Roland, je crois vous comprendre, répondit doucement Madeline.

Il reprit :

— Mais tout cela est loin maintenant, si loin
que je peux à peine croire que j'y sois pour quelque chose ; cela fait partie du passé.

— Eh bien, mon ami, répondit Madeline, laissez
le passé en repos pour toujours. Je sais de vous
tout ce que j'en veux savoir, et ce que vous nous
avez dit le soir de votre arrivée nous suffira parfaitement à l'avenir comme cela nous a suffi depuis
quatre ans.

— Oui, je sais que vous êtes bons. Aucun de
vous ne m'a jamais adressé la moindre question
depuis le moment où je suis venu, jusqu'aujour-
d'hui. Vous avez eu foi en moi ; vous m'avez cru
sur parole. C'est cette confiance qui m'a fait ce que
je suis ; qui m'a donné un ardent désir de devenir
un honnête homme, un homme d'honneur ; et je
crois qu'il eût fallu être le démon incarné pour
ne pas ressentir votre bienfaisante influence.

Et les regards qu'il jetait sur Madeline étaient
empreints d'une affection profonde.

Les yeux de Madeline étaient humides quand
elle les leva vers son interlocuteur.

— Pauvre cher Roland ! dit-elle en posant sa main
sur le bras de son ami, c'était son geste habituel
pour montrer sa sympathie. Ce mouvement reporta
le jeune homme au moment où elle l'avait abordé

après avoir couru pour le rattraper dans le chemin de la rivière.

— Je vous dis ce soir-là qu'il viendrait un temps où je pourrais parler tranquillement de ma vie passée. Quoique je fusse un être grossier, ignorant, un rustre enfin, je comprenais que je ne saurais pas trouver les mots pour....

Madeline frappa du pied avec impatience.

— Je vous défends, Roland, de vous donner de pareils surnoms ; il n'y a pas un mot de vrai dans tout ce que vous dites.

Roland semblait fort amusé.

— Allons, enfant, allons-nous nous quereller ?

— Oui, si vous continuez sur ce ton-là.

— Il me semblait toujours, reprit Roland avec gravité, qu'il viendrait un temps où je pourrais parler de ma misérable vie comme étant celle d'une autre personne ; aussi vous dis-je fort peu de chose sur moi, je vous assurai seulement que je ne me connaissais aucun parent au monde, que la vie avait été dure pour moi, que j'avais enduré le froid, la faim et toutes sortes de misères, que je ne me rappelais ni mon père ni ma mère, et que j'avais tout lieu de croire que l'homme qui se disait mon oncle, et qui, quand il était ivre, me traitait avec une sauvage cruauté, ne m'était rattaché par aucun lien de parenté ; mais que, comme il était mort, on ne pourrait jamais en être sûr. J'ajoutai que, tout pauvre, misérable et ignorant que j'étais alors, je n'avais aucun crime à me reprocher : j'étais toujours resté honnête.

— Roland ! comme si vous aviez besoin de nous dire tout cela.

Il la regarda d'un air ému.

— Je pense, continua-t-il, que bien des gens ne s'en seraient pas contentés, au moment de recevoir chez eux un garçon complètement étranger, en haillons, sans ami, pauvre comme un rat et dont l'éducation avait consisté en promenades interminables sur les quais et dans les plus mauvais quartiers des villes.

— Oh ! Roland, étiez-vous vraiment si malheureux que ça, demanda Madeline avec un regard rempli tout à la fois d'étonnement, de chagrin, de pitié et d'affection.

— Oui, Madeline.

— Cela n'aurait fait aucune différence si nous l'avions su, Roland ; vous n'étiez pas du tout comme les autres garçons, cela se voyait au premier coup d'œil.

Le jeune homme sourit gaiement,

— Le pensez-vous? dit-il, je crois plutôt que c'est vous qui ne ressemblez à personne; cela se voit à première vue.

Ils se mirent tous deux à rire et le verger fut rempli de l'écho de leurs jeunes voix.

Puis Roland reprit gravement, comme quelqu'un qui a hâte d'en finir :

— Le plus dur fut après la mort de la femme de Discon, c'était le nom de l'homme qui prétendait être le demi-frère de mon père. C'était une femme petite, pâle, délicate, dont la vie avait été abreuvée d'amertume par la grossièreté et la brutalité de son mari; mais elle était bonne et douce, elle m'évita souvent d'être grondé ou battu; elle me tenait bien propre, et m'envoyait à l'école. Depuis, j'ai toujours cru qu'elle avait connaissance de quelque tort qu'on avait eu envers moi, et qu'elle essayait, autant que cela était en son pouvoir, de le racheter en étant bonne pour moi. J'avais neuf ans quand elle mourut. Les trois années qui suivirent furent un enfer. — Il pâlit et fit un geste comme pour écarter un spectre. — Elle avait une certaine influence sur son mari; aussi, quand elle ne fut plus là, tout alla de mal en pis. Discon avait un emploi à bord d'un schooner qui faisait le service entre New-York et Philadelphie, mais il perdit sa place à cause de son irrégularité ; après cela il n'y eut plus pour moi que des coups à recevoir lorsqu'il était ivre, ce qui était devenu son état normal ; quant à la nourriture, elle était beaucoup plus rare.

Ce n'est pas une histoire bien jolie à raconter à une jeune fille, n'est-ce pas ? continua Roland en essayant de sourire, mais les larmes lui vinrent aux yeux.

— Le misérable ! s'écria Madeline ; puis on entendit comme un sanglot.

— J'étais tout petit alors, et j'étais, en permanence, meurtri et écorché. Allons, c'est trop horrible pour en parler ! et pourtant cela n'a duré que trois ans, mais ils me semblent trois siècles. J'avais résolu de m'échapper, quand survint un événement qui me rendit la liberté.

— Comment ? demanda anxieusement Madeline.

— Tout allait très mal quand Discon obtint une place de garde-barrière au chemin de fer de l'Hudson. Il y était depuis quatre semaines et s'était arrangé pour faire les signaux voulus, mais un jour qu'il avait bu toute la matinée, quand le train arriva, il tressaillit, saisit son drapeau, s'élança en chancelant, tomba sur la voie et...

Un cri de Madeline interrompit le narrateur ; elle était pâle et ses doigts serraient convulsivement le bras du jeune homme.

— Je n'aurais pas dû vous dire ces horribles choses, ce n'est pas fait pour des oreilles de jeune fille, dit Roland avec regret.

— Non, non, continuez, je veux savoir la fin.

— On transporta Discon dans un hangar ; quand je rentrai, une heure après l'accident, il y avait foule autour du hangar, quelques hommes me connaissaient et me crièrent que Discon était mourant et qu'il voulait me parler. J'entrai ; il était étendu par terre, la tête appuyée sur quelques oreillers qu'une âme charitable avait apportés, on avait couvert ses membres mutilés ; mais sa figure avait une telle expression, qu'au premier coup d'œil je devinai la vérité. Il me reconnut, essaya de parler, et d'un air repentant me dit qu'il avait une longue histoire à me raconter, et peu de temps devant lui.

« Cela ne fait rien, mon oncle, » lui dis-je, oubliant sa cruauté à la vue de ses souffrances.

Il s'écria qu'il n'était pas mon oncle, qu'il avait menti toute sa vie ; qu'il avait connu mon père, et qu'il lui avait joué un mauvais tour ; sa tête retomba en arrière, désormais Discon ne devait plus troubler ma vie.

— Roland ! quelle horrible histoire ! dit Madeline en frissonnant.

— Oui, et je suis bien aise que ce soit fini. J'ai toujours cru que cet homme avait dit la vérité au moment de mourir, et qu'en effet il ne m'était lié par aucune parenté. Cette pensée m'a soulagé.

— Et c'est là tout ce que vous avez appris ?

— Oui, mais j'ai la conviction que, si j'avais connu mes parents, je n'aurais pas cu à en rougir.

— Oh ! j'en suis bien sûre, Roland, dit Madeline avec un regard qui témoignait toute sa sympathie.

— Après cela, j'eus à lutter contre la misère ; les coups m'étaient épargnés, mais c'est dur pour un garçon de douze ans d'être seul au monde pour se tirer d'affaire et ne pas mourir de faim. A bout de courage, je quittai la ville, je pensais.... enfin il me semblait que, si je devais en finir, ce serait moins difficile quand je serais au milieu de la campagne que dans les rues sombres et inhospitalières.

— Oh ! Roland ! c'est affreux, murmura la jeune fille.

— Je voulais travailler, Madeline, et je cherchai de l'ouvrage pendant des semaines. Mais quand le fouet du cocher me fit lâcher prise près de Bayberry, ma dernière espérance s'était évanouie. La faim ne m'avait pas encore assez aveuglé pour m'empêcher de voir la rivière au loin. C'était ma dernière ressource.

En disant ces mots, le jeune homme était devenu très pâle, il lui semblait revivre ce temps de misère; il fit entendre une espèce de rire convulsif et se couvrit la figure de ses mains.

— Oh ! Roland, Roland ! s'écria la jeune fille d'une voix étouffée.

Il retira ses mains et aperçut devant lui la figure décomposée de son amie.

— Je sais bien que tout cela doit vous sembler horrible, Madeline, mais quand un malheureux garçon est à moitié fou de misère et de faim, il faut bien qu'il en finisse, d'une façon ou d'une autre !

Pendant ces quatre années passées ensemble, ils n'avaient jamais fait allusion à la manière dont ils s'étaient abordés près de la rivière.

— Oh ! s'écria Madeline d'une voix entrecoupée et les yeux pleins de larmes, oh ! mon cher Roland ! J'ai été si cruelle, pardonnez-moi... je ne savais pas.

— Vous, cruelle, ma petite Madeline, c'est moi qui ai été une véritable brute ; puis, se rapprochant, Roland lui passa le bras sur les épaules, et, d'une voix très basse et avec une expression de remords, il ajouta : Depuis, il ne s'est pas écoulé un seul jour où je n'aie revu le pauvre Silk étendu mort près de la barrière.

— Roland, je vous en prie ! dit Madeline en pleurant.

Pourquoi pleurait-elle ! Ce n'était pas sur son chagrin passé, ni sur la mort du chien.

—Madeline, dit doucement Roland, essuyez vos yeux, et regardez-moi bien en face.

La jeune fille obéit, mais je doute que Roland distinguât très bien ses traits, car lui aussi avait un nuage sur les yeux.

— Madeline, vous m'avez sauvé ce jour-là et vous savez de quoi vous m'avez sauvé ; nous ne l'oublierons jamais, n'est-ce pas ?

Oui, elle l'avait compris depuis longtemps, mais cela lui semblait tout autre chose maintenant que Roland avait traduit par des paroles ce qu'elle sentait depuis quatre ans. Elle éprouvait tout à la fois une terreur mélangée de joie et une profonde reconnaissance envers Dieu ; elle aurait voulu dire à Roland ce qui se passait en elle, mais les mots étaient inutiles, sa figure exprimait clairement toutes les sensations de son âme.

Un brusque changement se produisit chez le jeune homme, il respira longuement comme quelqu'un qui vient de se débarrasser d'un fardeau pénible.

— Maintenant, Madeline, c'est fini, nous n'aurons plus besoin de revenir là-dessus ; je n'ai plus que de bonnes choses à dire. Ah oui, de bien bonnes ! Depuis ce temps-là j'ai été entouré de soins, de confort, tout comme si j'avais été l'un des vôtres, au lieu d'être un vagabond sans asile et sans pain... Cela vous chagrine, Madeline ? Eh bien ! je dirai seulement que j'ai trouvé un foyer, une famille : votre père, tante Rachel et vous, Madeline !

— Oh ! mais, Roland, nous n'avons pas été les seuls à donner. Depuis votre arrivée, la maison a complètement changé, vous avez beaucoup aidé papa. Ma tante vous aime très affectueusement, à sa manière, et puis souvenez-vous de ce que vous avez été pour moi.

— Vraiment, Madeline, ai-je donc tant fait pour vous ? demanda Roland d'un air très satisfait.

— Comme si vous ne le saviez pas ! Je me demande comment je pouvais vivre quand je ne vous avais pas. Personne ne me comprend comme vous ; excepté papa, mais ce n'est pas la même chose. C'était si triste et j'étais souvent malheureuse. Je désolais tante Rachel par mes singularités ; je mettais son âme à la torture et, en retour, elle me vexait en voulant faire de moi une jeune fille modèle. Quelles heures d'ennui et de découragement j'ai eu à passer, mais tout a changé après votre arrivée.

La figure de Roland n'était que sourires pendant qu'il l'écoutait s'exprimer avec sa vivacité ordinaire.

— Je vous dois encore plus, Madeline. La bonté de votre père et les tendres soins de tante Rachel étaient peu de chose auprès de l'intérêt que vous me témoigniez et de votre désir de me voir réussir. C'était bien dur d'abord de me plonger dans ces livres ; je n'avais pas l'habitude d'étudier et j'avais des moments de désespoir ; mais il y avait en vous un tel orgueil et une telle joie quand j'avais surmonté une difficulté, vous aviez une telle foi en moi, qu'il eût fallu être une bûche, une pierre, une brute, pour ne pas s'efforcer de réussir. Vous étiez une bonne petite fille, bien meilleure que vous ne vous en doutiez.

— Vraiment? dit Madeline, surprise et charmée. En êtes-vous bien sûr?

— Oui. — Il se redressa de toute sa hauteur. — Il est rare qu'on parle ainsi, mais je veux devenir un homme honnête, brave, courageux, un homme d'honneur enfin dont vous soyez fière, et, quoi qu'il puisse advenir, tout cela sera votre ouvrage, je vous devrai tout ce que je serai, Madeline, tout.

— Ah ! Roland, les louanges que vous m'adressez sont à votre détriment. Combien de fois n'ai-je pas entendu papa dire à ma tante : « Ce qu'il faut aux garçons, c'est l'occasion ; je suis sûr qu'il y a de l'étoffe dans celui-ci. »

— Eh bien ! vous m'avez procuré l'occasion, Madeline, vous plus que tout autre.

Quelle réponse aurait-elle pu faire ?

A ce moment un bobolink commença à chanter au-dessus de leurs têtes, et tous deux se turent pour l'écouter. Quand Madeline reprit la parole, c'était sur un tout autre sujet.

— Ainsi c'est la mécanique qui vous attire, vous voulez être ingénieur ?

— Oui, j'ai des goûts pratiques ; les sciences me plaisent, et je veux m'y livrer ; il me semble que j'aimerai cette vie-là. Quant à être poète, artiste ou littérateur, je ne m'en sens pas capable.

— Mais quelle que soit la profession que vous

embrassiez, vous serez toujours un homme bon, noble et vrai, cela j'en suis certaine.

Il sourit et dit :

— Même à dix-sept ans, on se sent déjà un peu tout cela.

Madeline le regarda de son beau regard si franc. Il était là devant elle, grand, fort, bien tourné, avec sa bonne expression si ouverte.

— Il me semble, dit-elle, que vous êtes toujours le même, mais nous changeons, c'est évident. Je devrais être moins brusque, moins vive, moins masculine, et porter mes seize ans avec plus de gravité.

La jeune fille parlait sérieusement, il était clair qu'elle exprimait là le fond de sa pensée et qu'elle se blâmait de ses manières et de ses habitudes. Décidément tante Rachel avait raison, « Madeline était singulière ».

Son compagnon avait l'air très amusé.

— Qu'est-ce que cela fait, les années ? Je vous aime comme vous êtes. Je ne connais pas votre pareille pour une promenade ou une partie de plaisir, et je ne voudrais vous changer pour aucune des jeunes filles que je connais.

— J'aurais bien souvent voulu me changer, moi, pour faire plaisir à ma tante, mais je ne peux pas ;

je crois bien que je ne serai jamais qu'un bon compagnon pour une partie de plaisir, comme vous dites, jusqu'à ce que je devienne une vieille femme toute ridée et à cheveux gris.

Roland se mit à rire.

— Je croyais que vous alliez dire jusqu'à ce que vous soyez mariée.

— Mariée ! Roland, c'est absurde !

Mais elle ne rougit pas et ne perdit pas contenance, comme il arrive à bien des jeunes filles de seize ans quand on prononce le mot de mariage.

— Oui, pourquoi pas, demanda Roland en la regardant, comme si, pour lui aussi, l'idée fût nouvelle.

Un joyeux éclat de rire répété par l'écho fut la réponse de Madeline ; évidemment cette pensée ne lui était pas venue, et elle la trouvait très drôle.

— Quel homme voudrait d'une fille aussi ordinaire, pour ne pas dire laide, et avec de pareilles manières.

— Quelle sorte de fille croyez-vous donc être, Madeline, demanda Roland avec sa brusquerie d'écolier.

— Comme si je ne le savais pas ! la fille la plus laide de Bayberry.

En l'entendant parler ainsi, il était impossible de douter que ses paroles ne fussent l'expression exacte de sa pensée. Cette absence complète de coquetterie et de vanité chez une jeune fille de seize ans faisait plaisir, et cependant l'influence de tante Rachel n'avait pas été heureuse sur l'enfance de Madeline ; se sentant toujours blâmée et dépréciée, cette nature fine et sensitive en était arrivée à se demander si, outre qu'elle était laide et avait des manières de garçon, elle ne serait pas un peu idiote ; aussi l'arrivée de Roland avait-elle mis dans la vie de la fillette une nouvelle affection et un vif intérêt qui lui avaient été salutaires.

Madeline avait raison, la dette de reconnaissance n'était pas toute du côté de Roland Bell.

— Madeline, vous vous trompez étrangement, dit le jeune homme d'un ton décidé.

— Vous croyez cela, parce que vous m'aimez. Les gens les plus laids sont fort bien aux yeux de leurs amis, Roland, dit-elle avec indifférence en cueillant une branche de vigne vierge qu'elle fit tournoyer entre ses doigts.

— Non, ce n'est pas cela, reprit le jeune homme, quelqu'un bien plus apte que moi à en juger le disait l'autre jour à la foire.

— Qui, je vous prie ?

Les feuilles tournoyaient toujours, mais l'expression de la jeune fille avait changé ; l'indifférence s'était transformée en un vif intérêt.

— Cet artiste qui revient de Rome, et qui est en visite chez le docteur, vous souvenez-vous de lui ?

— Je le crois, n'est-il pas petit, maigre, avec des favoris blonds ?

— Oui ; je me trouvais derrière eux dans une loge, pendant qu'ils attendaient que la représentation commençât, quand il demanda tout à coup quelle était la jeune fille en robe blanche avec une ceinture rouge qui se tenait près de la fenêtre. Le docteur regarda et répondit que vous vous nommiez Madeline Earle, que votre père, amateur de vieux bouquins, faisait valoir ses propriétés situées près de Bayberry, que vous descendiez d'une des plus anciennes familles de la ville, mais que la race allait s'éteindre.

— C'est très agréable, vraiment, d'entendre sa famille ainsi cataloguée, dit Madeline en riant d'un air piqué.

— Je ne suis pas à même d'en juger, répondit Roland avec un peu d'amertume, et il est probable que je ne connaîtrai jamais ce plaisir-là. Mais ce n'est pas cela que je voulais dire.

L'artiste dit, en vous regardant très attentivement :

« Cette jeune fille a une figure bien remarquable, il y a dans ses traits une délicatesse d'expression
qui promet beaucoup. Je suis certain que dans dix
ans elle sera d'une grande beauté, d'une beauté
que tous les yeux ne seront pas à même de discerner, mais qui n'en sera que plus rare. Si je devais rester quelque temps dans votre charmante
vieille ville, docteur, j'aimerais à faire son portrait. »

A ce moment la musique commença et la conversation fut interrompue.

Vous savez maintenant ce qu'un artiste arrivant de Rome pense de la jeune fille la plus laide
de Bayberry, dit Roland avec malice, en finissant
son récit.

Madeline le regardait avec de grands yeux éton-
nés, elle semblait boire ses paroles.

Si l'artiste avait été présent, il aurait vu que sa
prédiction commençait à se réaliser.

Elle n'avait jamais eu cette expression ; c'était
l'aurore d'une innocente vanité féminine, elle
commençait à connaître sa valeur personnelle.

Il y eut un silence. Madeline rougit en baissant les yeux sur la feuille qu'elle tenait et qu'elle
déchira.

— Eh bien ! dit Roland en souriant et cherchant à rencontrer le regard de la jeune fille, que pensez-vous de cela ?

— Ah ! Roland, répondit-elle à voix basse, si cela pouvait être vrai !

— Mais c'est vrai, dit-il avec décision, parfaitement vrai, je le sais.

Elle le regarda en souriant ; il y avait quelque chose dans ce sourire qui embarrassa le jeune homme. Il croyait connaître le fond du cœur de Madeline, il se trompait. Il ne se doutait pas qu'un grand changement venait de se produire dans celle qui, pleine de curiosité et d'insouciance, était venue s'asseoir avec lui dans le verger. Désormais Madeline ne serait plus l'enfant gaie et indifférente qu'il connaissait.

A ce moment le soleil couchant qui dorait de ses rayons les arbres du verger éclaira le visage de Madeline, puis peu à peu il s'abaissa et disparut, aissant après lui le ciel embrasé.

— Comme les jours deviennent courts, dit Madeline, je voudrais que celui-ci n'eût pas de fin.

— Moi aussi, mais il s'en va comme l'été, et Roland jeta un regard de regret autour de lui.

— C'est vrai, mais d'autres étés viendront avec

leurs roses et leurs chants d'oiseaux, reprit Madeline comme consolation.

— Vous avez raison : c'est la meilleure manière d'envisager les choses pour garder son courage. Allons, venez vous balancer un peu.

La jeune fille obéit, mais au bout de quelques secondes elle reprit :

— Vous n'oublierez pas la médaille demain, Roland ; je n'aurai pas de repos que je ne l'aie vue.

— Oui, vous verrez.... ce qu'il y a à voir, répondit-il rapidement. Prenez garde à cette épine, Madeline, vous allez déchirer votre robe.

— Savez-vous pourquoi je l'ai mise aujourd'hui, Roland ? demanda-t-elle.

— Je m'en doute, dit celui-ci en souriant.

Cette conversation, qui permet de voir quels étaient le caractère et le but des deux jeunes gens, était la première de ce genre qui eût eu lieu entre eux ; elle devait rester gravée dans leur mémoire. Et cependant, si un étranger les eût entendus, ce qui l'aurait peut-être frappé le plus, c'eût été leur manière d'être, simple, honnête et franche, comme entre frère et sœur. Il était évident qu'ils n'avaient aucune émotion à se cacher et qu'ils pensaient n'en avoir jamais.

CHAPITRE IV

Le lendemain du jour où avait eu lieu cette conversation, Roland partit aussitôt après le déjeuner. Il dit vaguement à Madeline qu'il avait affaire avec des camarades. Elle crut qu'il s'agissait de la répétition de quelques-unes de ces pièces de théâtre dont tous les jeunes gens de Bayberry s'occupaient depuis quelque temps avec enthousiasme, et, persuadée qu'elle en entendrait parler quand l'heure en serait venue, elle se plongea dans ses livres.

Peu à peu le temps s'obscurcit ; toute la magnificence d'un beau jour d'octobre disparut ; un vent violent s'éleva et chassa rapidement de gros nuages gris. Madeline trouva que ce jour-là était triste, mélancolique, et elle se prit à soupirer après

le retour de Roland. Le dîner eut lieu de bonne
heure, comme c'est encore l'usage dans les cam-
pagnes ; une fois le repas terminé, la jeune fille
et son père eurent l'idée, pour s'égayer, d'allumer
du feu, dont le besoin commençait à se faire sentir.
Après avoir porté une grosse bûche dans le fond
de la cheminée, ils échafaudèrent par-devant de
petits morceaux de bois, des branches mortes et
des quantités de pommes de pin.

Tout en riant et en plaisantant, ils étaient arrivés
à faire un feu magnifique.

La tante Rachel leur jetait de temps à autre un
sourire approbateur, mais sa figure conservait son
expression un peu mordante.

Elle aussi jouissait de cette première flambée
d'automne, mais pas du tout de la même manière
que son frère et sa nièce : il n'y avait aucun sentiment idéal, aucune imagination dans cette petite
femme active et pratique, elle n'en admettait pas
chez les autres, surtout chez les jeunes filles, car,
selon elle, ces sentiments ne pouvaient s'allier au
bon sens. L'idéal de M\ue Rachel Hopton était la
parfaite ménagère.

Quand M. Earle et sa fille eurent fini leur feu,
ils s'assirent auprès pour admirer leur ouvrage ;
les flammes jaunes ou bleues paraissaient et dis-

paraissaient comme de petites créatures vivantes qui auraient joué à cache-cache, puis peu à peu elles grandirent, se réunirent et formèrent un embrasement général, le pétillement continuait et les pommes de pin en combustion faisaient penser à des dahlias de feu.

M. Earle se frottait les mains en regardant sa fille de temps en temps. Il avait dû être fort bien dans sa jeunesse, ses traits étaient grands, mais bien dessinés, ses yeux bleus étaient très doux, et leur expression vous attirait ; mais il y avait quelque chose de vague dans la bouche, qui dénotait une nature faible et maniable. Évidemment si Richard Earle avait eu à livrer le rude combat de la vie, il aurait succombé ; mais il avait hérité très jeune du domaine patrimonial et s'était occupé de le faire valoir, ou, ce qui est plus exact, avait laissé ses ouvriers cultiver ses terres sous la surveillance active et intelligente de sa sœur, tandis qu'il passait des journées entières courbé sur ses livres.

Rachel Hopton, son unique sœur, était de quelques années plus jeune que lui ; étant restée veuve et sans enfants, elle était venue chez M. Earle. Elle y avait vite trouvé sa place et exerçait une suprême autorité sur tout ce qui concernait la tenue de la maison.

Richard Earle avait épousé une femme beaucoup plus jeune que lui, très délicate au moral
et au physique. Ils avaient perdu plusieurs enfants, puis elle était morte, et Madeline, la seule
qui survécût, ne se rappelait pas sa mère. Aucun
soin maternel n'aurait pu surpasser ceux que
tante Rachel prodigua à sa nièce orpheline, et
matériellement, la petite fille ne s'aperçut pas
qu'elle n'avait plus de mère, mais moralement, ce
fut tout autre chose ; leurs caractères étaient les
deux extrêmes, et la tante Rachel se demandait
parfois s'il n'existait pas chez l'enfant quelque
désordre mental.

La nature sensitive, variable, passionnée de sa
nièce, ses caprices quelquefois, faisaient le désespoir de la vieille dame, qui eût voulu fondre tous
les caractères dans le même moule. Aussi l'habitude qu'elle prit de toujours blâmer Madeline, et
de toujours la trouver en faute eut-elle le plus
mauvais résultat pour toutes deux. Avec son «bon
sens » qu'elle prisait si fort, Mme Hopton ne sut
jamais comprendre qu'elle ne pouvait pas refaire
le monde sur son propre patron.

M. Earle se frottait les mains.

— J'aime le feu, Madeline, dit-il, cela me reporte
à mon enfance, quand, assis dans ce coin pendant

les soirs d'hiver, je faisais cuire des pommes sous
la cendre ; sur la table était la cruche bleue pleine
de cidre et sur un plateau un tas de butternuts [1].
Alors ton grand-père nous racontait ses voyages.
Vous en souvenez-vous, Rachel ?

— Certainement, mon frère, répondit-elle tout
en épinglant soigneusement le patron d'un bonnet
du matin sur un morceau de mousseline d'un
blanc immaculé. — Notre père était un homme
très remarquable sous plus d'un rapport. Il ne
semble pas que vous ayez hérité de son goût pour
les voyages et les explorations.

Tante Rachel avait la mauvaise habitude, quand
elle avait fait l'éloge d'une personne, de faire
des comparaisons qui se terminaient toujours par
un blâme infligé à une autre. Son frère n'était
pas épargné, comme on le voit, mais sa nature
douce et tranquille laissait passer les coups d'épin-
gle sans y répondre.

— Je ne crois pas en effet ressembler à mon
père sous ce rapport, répondit-il, comme si cette
idée lui venait pour la première fois. J'ai toujours
tenu à mon vieux toit, comme un Esquimau tient
à sa hutte.

— Papa, dit Madeline d'une voix claire et vi-

1. Noix huileuses d'un arbre d'Amérique.

brante, comme le feu de bois est joli ! On y voit
et on y entend tant de choses ; ces nuées d'étincelles
rouges, puis ces petites flammes qui semblent vol-
tiger çà et là, et enfin un bourdonnement qu'on
croirait être la voix des arbres qui regrettent de
tomber en cendres. J'y entends le bruissement des
feuilles dans les branches, le grondement du vent,
le chant des oiseaux et bien d'autres choses encore.

— Je ne me suis jamais aperçue que j'étais
sourde, dit tante Rachel avec aigreur, mais j'a-
voue que je suis arrivée à mes soixante-deux ans
sans avoir entendu dans le feu de bois les voix
dont tu parles, Madeline.

La jeune fille fit entendre un joyeux rire. A une
certaine époque une semblable réponse l'eût
réduite au silence, mais c'était avant l'arrivée de
Roland ; depuis, tout avait changé.

— Je suppose, tante Rachel, dit-elle avec bonne
humeur, que l'on voit et que l'on entend dans le
monde, — dans tous les mondes peut-être, — ce
qui est fait pour vos yeux et vos oreilles.

— Mon opinion est que certaines gens en en-
tendent et en voient bien davantage, répondit
la vieille dame, en se mettant à tailler son bonnet.

— Madeline, reprit M. Earle en la regardant attentivement, tu ressembles de plus en plus à ta mère.

La jeune fille savait que c'était le plus grand compliment que son père pût lui faire. Cette allusion à sa figure la reporta à la conversation que Roland lui avait racontée ; elle rougit un peu, prit un tabouret, s'assit aux pieds du vieillard et appuya sa tête sur ses genoux.

Le bruit du vent se mêlait à celui du feu et prêtait à la rêverie. Madeline pensa à ce que l'artiste avait dit et se demanda si ce pouvait être vrai. Roland le croyait, mais elle voulait une autre assertion.

— Papa, dit-elle, oubliant complètement la présence de sa tante, je t'ai entendu dire que maman était très jolie.

— Oui, elle était charmante, je n'ai jamais vu de femme aussi séduisante.

La tante Rachel croyait fermement qu'une jeune fille perdait toutes ses qualités en acquérant la croyance qu'elle était jolie ; la vieille dame se trompait évidemment, mais on ne l'aurait jamais convaincue du contraire, aussi prit-elle la parole vivement :

— Madeline ne ressemble pas du tout à sa

mère, Richard, et il est bien inutile de lui mettre de pareilles idées dans la tête.

— Pourquoi ma fille ne doit-elle pas savoir qu'elle ressemble à sa mère, Rachel ?

Il était rare que M. Earle parlât de ce ton à sa sœur, mais, quand cela lui arrivait, elle ne lui répondait pas. Il y eut un long silence. Le feu continuait à flamber gaiement, le vent soufflait au dehors ; cela ressemblait, pensait Madeline, à des voix humaines pleurant l'été, qui venait de s'enfuir. Elle restait immobile cependant, la tête appuyée sur les genoux de son père, qui passait doucement la main sur ses cheveux en songeant qu'ils étaient aussi fins et aussi doux que ceux de sa femme.

La porte de la bibliothèque s'ouvrit brusquement et Roland entra comme une bombe.

— Venez, Madeline, dit-il, j'ai besoin de vous immédiatement, je veux vous montrer quelque chose.

— Votre médaille, Roland ? s'écria Madeline en se levant vivement.

— Si c'est cela, Roland, dit tante Rachel d'un ton un peu vexé, souvenez-vous, je vous prie, qu'il y a d'autres personnes que Madeline qui aimeraient à voir votre médaille.

— Oui, tante Rachel, je le sais, mais pour le moment, excusez-moi ; votre tour viendra, seulement quant à présent c'est Madeline qu'il me faut.

Roland ne s'inquiétait pas des mots un peu vifs de la vieille dame, et du ton aigre dont ils étaient prononcés, il savait qu'il avait une grande place dans son cœur et que chez elle le fond valait mieux que la forme.

— Eh bien ! me voilà, dit Madeline en suivant son ami.

Roland semblait extrêmement agité et cette manière d'être contrastait avec son caractère ordinairement assez calme.

— Mettez votre chapeau, Madeline, je vous emmène.

— Par ce vent, répondit la jeune fille surprise, au moment où une rafale venait secouer les arbres du jardin, qui semblaient en craquer.

— Oui, allons vite ; vous n'êtes pas fille à craindre une petite brise, et vous serez récompensée de votre courage.

Elle n'hésita plus, mit son chapeau, s'enveloppa d'un châle et suivit Roland.

Ils traversèrent plusieurs herbages, puis le grand champ et se dirigèrent vers le chemin où ils s'étaient rencontrés quatre ans auparavant.

La jeune fille trouvait étrange cette promenade par un temps pareil ; parfois elle s'arrêtait pour reprendre haleine, car le vent lui coupait la respiration ; l'aspect de la campagne était désolé ; les arbrisseaux étaient tellement agités qu'on croyait à tout moment qu'ils allaient être emportés ; au-dessus d'eux, le ciel gris était triste et froid.

— Pas un pauvre petit coin bleu, pensa Madeline, mais quelle est l'idée de Roland ?

Enfin ils arrivèrent près de la barrière témoin muet de tant d'événements ; Roland s'arrêta :

— Madeline, dit-il, accordez-moi encore ce que je vais vous demander.

— Qu'est-ce que c'est ?

— Fermez vos yeux, donnez-moi votre main et laissez-moi vous aider à passer la barrière comme si vous étiez aveugle.

— Roland Bell, devenez-vous fou ! s'écria la jeune fille en le regardant attentivement.

— Non, non, je n'ai jamais de ma vie parlé plus sérieusement ; ne voulez-vous pas avoir confiance en moi, Madeline ? Dans un instant vous comprendrez tout.

Elle ferma les yeux docilement et, à moitié portée, elle se trouva de l'autre côté de la barrière ; à ce moment elle sentit quelque chose qui n'était pas le vent, qui se frottait contre sa robe.

— Regardez, Madeline ! s'écria Roland.

Elle rouvrit les yeux et aperçut, attaché à un arbre, un tout petit chien, une ravissante petite bête dont la fourrure longue, soyeuse et bouclée était d'un blanc de neige ; il avait autour du cou un joli collier d'argent ; ses petits yeux intelligents brillaient de joie pendant qu'il sautait autour des jeunes gens.

— Il est à vous, Madeline, dit Roland en coupant la corde qui retenait le petit chien.

— Oh! Roland, comment l'avez-vous eu.

— Je l'ai acheté avec le prix de ma médaille. Depuis des années je me suis promis que le premier argent que je gagnerais serait employé à vous donner un chien ; vous savez maintenant pourquoi je vous ai amenée ici, à cette même place où le pauvre Silk est mort. Il me semble à présent que je pourrai oublier. Vous ne dites rien, Madeline ?

Elle essaya de parler, mais elle ne put et se contenta de lever vers son compagnon ses grands yeux pleins de larmes.

Roland, qui sentait aussi une certaine humidité dans les siens, se remit à parler :

— C'est un terrier écossais, d'une race pure et très rare. C'est le jeune Wolcatt que j'avais chargé de me le procurer, il est grand connaisseur en fait de chiens.

— Ainsi, Roland, vous avez donné votre médaille pour avoir le chien? reprit Madeline d'une voix encore très émue.

— Oui, je ne pouvais en faire un meilleur usage ni l'employer d'une manière qui me fît plus de plaisir. J'ai pensé à cette heure depuis des années, Madeline.

— Roland!.... elle s'arrêta.

— Allons, Madeline, nous sommes de vieux camarades, fort raisonnables, et nous n'allons pas nous amuser à faire du sentiment, reprit gaiement le jeune homme; n'est-il pas joli, intelligent, et affectueux aussi? tout à fait ce qu'il faut pour un petit favori. Ici, monsieur; montrez vos talents !

Roland fit claquer ses doigts et immédiatement l'intelligente petite bête se tint debout sur ses pattes de derrière, sauta, fit des culbutes, en un mot exécuta toutes sortes de tours.

Quand il eut fini, Roland lui dit en lui montrant Madeline :

— C'est votre maîtresse, il faut lui obéir.

La jolie petite bête lécha les doigts de la jeune fille, puis glissa son nez froid dans sa main, comme faisait Silk.

— C'est une douce et ravissante créature, dit Madeline en le prenant dans ses bras.

Le vent redoublait et de gros nuages noirs menaçaient de venir arroser les promeneurs, il était temps de rentrer.

Avant de remettre le chien par terre, sa jeune maîtresse regarda le collier ; elle y lut gravé, avec le jour et la date, le nom de Silk.

— Chaque fois que j'ai pensé à ce jour, je me représentais un beau temps de juin avec ses parfums et ses fleurs, je n'ai pas pu changer la saison, mais le reste du programme a été exécuté à ma satisfaction.

— Et quel programme, Roland ! Si joli et si romanesque ! tout à fait comme dans une nouvelle.

— Je n'y avais jamais songé. Mais quel vent ! Allons, petit chien, il faut rentrer.

Et les deux amis, suivis du nouveau venu, reprirent le chemin de la maison.

— Papa, tante Rachel, j'ai un autre Silk ! tenez, le voilà ! Avez-vous jamais vu une plus gentille petite créature ! s'écria Madeline en entrant brus-

quement dans la pièce où son père lisait, près du
feu, les vies de Plutarque, tandis que tante Rachel
cousait.

La jolie petite bête s'arrêta au milieu de la bibliothèque, et examina prudemment ce qui l'entourait.

— D'où sort-il? demanda la tante en regardant
d'abord le chien, puis les jeunes gens.

— Roland l'a acheté pour moi avec le prix de
sa médaille.

— C'est le premier argent que j'aie vraiment
gagné depuis que je suis avec vous, et je voulais
l'employer à donner à Madeline ce qui lui ferait le
plus de plaisir, dit à son tour Roland.

— N'est-il pas délicieux, papa? reprit Madeline;
regarde comme il est vif et drôle, il est bien plus
beau que le vieux Silk.

— Oui, certainement, c'est un joli petit animal.
Roland, mon enfant, c'est une belle chose que tu
as faite là.

— Oh non, monsieur, c'était tout naturel, répondit Roland en se détournant, comme si ce compliment l'eût troublé ; il ne pouvait pas dire à tout
le monde tout ce que ce présent cachait de repen-
tir, de remords, et qu'à ses yeux il n'était qu'une
expiation ; cela, c'était le secret de Madeline et le
sien.

— C'est un singulier emploi de votre prix, Roland, reprit tante Rachel, après que le jeune homme eut fini de raconter comment il s'était procuré le petit chien. Mais les garçons ont de drôles d'idées, et, en somme, vous étiez libre de faire ce que vous vouliez de votre médaille.

A ce moment le nouveau Silk s'approcha de la vieille dame, la regarda un instant, puis posa ses deux pattes sur ses genoux. Tante Rachel flatta le gentil animal en disant :

— Eh bien, monsieur, vous vous mettez vite à votre aise, n'est-ce pas ?

Un instant après, les deux jeunes gens sortirent ensemble, et tante Rachel commença :

— Richard, il n'y a pas à dire, Madeline est une singulière fille.

M. Earle posa son livre sur ses genoux et regarda sa sœur comme s'il attendait la suite.

— Vous souvenez-vous quand Job Miller, le laitier, trouva Silk tué d'un coup de pierre par quelque vaurien, dans le chemin de la rivière ? Elle prit la chose très froidement, quoiqu'elle eût toujours montré un grand engouement pour son chien. Je fus frappée de son indifférence, et vraiment vous et moi nous parûmes plus peinés qu'elle.

— Roland n'arriva-t-il pas justement à cette époque ? demanda M. Earle méditativement.

— Oui.

— J'ai toujours pensé qu'il fallait attribuer à cet événement la froideur de Madeline.

— Je me souviens que quand vous lui avez offert de lui en donner un autre, elle prit cela comme une injure et déclara qu'elle n'aurait jamais d'autre chien et qu'elle ne voulait plus entendre prononcer le nom de Silk.

— Si ce pauvre Roland avait su cela, il n'aurait pas été si empressé d'échanger sa médaille pour ce petit chien ; et pourtant, Rachel, elle a paru ravie, dit le vieillard pensivement.

— Mais il l'avait bien entendue ; je me rappelle parfaitement que le pauvre garçon, qui venait de revêtir le costume que nous lui avions acheté, était assis près de la fenêtre de la salle et la regardait avec étonnement. Comme cet enfant a gagné depuis ce temps-là, Richard !

— Oui, c'est un bon, un excellent garçon. Je suis bien aise qu'il ait échoué ici, et que nous ayons pu l'aider.

— Certainement, mais nous n'aurions pas si bien réussi avec tout le monde, le fond était bon. Il a fait beaucoup de bien à Madeline, ajouta la tante.

— Ce n'était pas sain pour une fillette comme
elle d'être élevée entre deux vieux comme nous.
Roland a introduit un élément de jeunesse dans la
vie de Madeline.

— C'est bien difficile de savoir ce qui lui est
salutaire ou non, Richard ; elle est si singulière,
si originale, cependant je reprends un peu espoir.

Et tante Rachel sortit pour donner des ordres.

La soirée fut agréable pour tous. Le feu flam-
bait gaiement dans la grande cheminée, tandis
qu'au dehors la pluie tombant à torrents frappait
contre les fenêtres, et que le vent gémissait dans
les arbres. Silk, roulé en boule, était couché aux
pieds de sa maîtresse. On parla de l'avenir de
Roland et de ses nouvelles occupations à l'école
d'ingénieurs où il allait entrer. On convint qu'il
reviendrait tous les samedis soir pour passer le
dimanche en famille.

Il était curieux d'observer comme ce pauvre
vagabond qui, quelques années auparavant, était
arrivé dans cette maison dénué de tout, était
devenu indispensable à chaque membre de la
famille et quelle place il occupait dans leurs cœurs.
Mais, lorsqu'on examinait son regard franc et bon
et son expression intelligente, on pensait, comme
M. Earle, que ce n'était pas un garçon ordinaire.

Pendant que Roland et tante Rachel causaient activement, M. Earle demanda tout à coup à Madeline.

— Où Roland t'a-t-il emmenée pour te faire son cadeau, je vous ai entendus sortir ?

— Nous avons été dans le chemin, papa, répondit la jeune fille en retenant son haleine.

— Et il t'a donné ce chien, là à cette place où... où tu l'as rencontré pour la première fois ?

— Oui. Mais pourquoi me demandes-tu cela ? dit-elle en le regardant d'un air étonné et interrogateur.

— C'était une jolie pensée, enfant.

M. Earle se tut et resta un moment absorbé ; mais comme c'était une de ses habitudes, personne n'en fut frappé. Il récapitulait les événements qui s'étaient produits à l'époque de l'arrivée de Roland et depuis ; la mort de Silk à laquelle Madeline ne voulait pas qu'on fît allusion, et cependant l'indifférence qu'elle avait montrée en apprenant cette nouvelle ; l'arrivée de Roland le même jour ; le refus d'avoir un autre chien, et la joie qu'elle témoignait du présent de son ami ; l'étrangeté même de ce cadeau de la part de Roland qui n'avait pas connu Silk Ier, et la place qu'il avait choisie pour l'offrir à Madeline ; car si c'était

l'endroit de leur première rencontre, c'était aussi
le lieu où l'on avait trouvé le pauvre chien mort ;
M. Earle tira ses conclusions, mais les garda pour
lui. Tante Rachel ne sut jamais le mystère que,
inconsciemment, elle avait aidé son frère à pénétrer. Les deux jeunes gens ne se doutèrent pas
non plus qu'ils étaient trois maintenant à connaître le fameux secret. Seulement les yeux du
vieillard étaient humides et avaient encore une
plus grande douceur qu'à l'ordinaire quand ils se
posèrent sur Madeline et Roland qui, assis l'un
près de l'autre, conversaient gaiement.

CHAPITRE V

— C'est très singulier ! disait M. Donald Duncan en se parlant à lui-même, très singulier !

Il arrivait en ce moment au point le plus élevé
des falaises qui dominent la côte de Rhode-Island
et d'où l'on avait une splendide vue de la mer ;
c'était la promenade favorite des touristes raisonnables qui préfèrent une vie calme et tranquille
aux parties de plaisir organisées tous les jours
par la jeunesse de l'endroit.

L'hôtel à la mode était situé à environ un demi-
kilomètre du rivage, mais les petits cottages, les
maisons de campagne, les fermes mêmes, disper-
sés dans l'île, offraient aux étrangers de commodes
logements.

— Et qu'est-ce qui est si singulier ? répéta à

son oreille une voix jeune et gaie qui était toujours douce à son cœur.

M. Duncan, surpris, se retourna brusquement ;
il était si étonné qu'il ne pensa pas à répondre à
la question que lui adressait sa nièce.

— Comment as-tu fait pour grimper ici toute
seule ? demanda-t-il.

— Je me suis changée en sorcière et suis arrivée à cheval sur un manche à balai ; ou, si tu
préfères, en chamois et j'ai sauté d'une crête à
l'autre pour te rejoindre. — Oncle Donald, comment peux-tu demander à une jeune fille à qui tu
as vu faire l'ascension du Righi comment elle a
pu monter ici ; mais ces rochers ne sont que des
taupinières !

Elle fut obligée de s'interrompre ; l'escalade des
« taupinières » lui avait enlevé la respiration, et sa
figure, ombragée d'un chapeau à larges bords,
était rouge et échauffée.

L'oncle se moqua un peu d'elle.

— Le Righi et ses rochers sont rudes à gravir,
répondit-il, mais Guy et toi vous n'êtes jamais si
heureux que quand vous commettez quelque im-
prudence. Où est ton mauvais sujet de frère.

— Sur la plage, je suppose. Il y avait un énorme
oiseau de mer avec de grandes ailes grises qui vo-

letait autour des rochers. Guy s'est précipité pour
voir ce qui allait se passer, mais avant cela nous
t'avions aperçu sur la pente de la falaise et nous
avions comploté de te suivre sans bruit, puis tout
à coup de nous précipiter sur toi ; la nouvelle de
l'existence de l'oiseau de mer est venue faire avor-
ter notre projet ; comme je ne partageais pas la
curiosité de Guy, j'ai continué ma route, espérant
qu'il me rattraperait, mais je me trompais, comme
tu vois.

— Je vois que vous êtes bien turbulents, pour
qu'un vieil oncle comme moi vous tienne en
laisse.

— Guy dit que c'est le sang écossais qui coule
dans nos veines ; qu'il n'a encore rien perdu de sa
force depuis que nos ancêtres faisaient, il y a trois
siècles, des incursions sur les côtes anglaises ; la
vieille flamme reparaît de temps à autre et fait
partir des étincelles, bien inoffensives du reste.

— C'est une bien belle idée qu'a eue Guy de
mettre toutes les bêtises qu'il peut faire sur le dos
de ses ancêtres ; mais toi, enfant, quelle folie de
te fatiguer et de t'échauffer ainsi ?

— Je ne suis pas fatiguée ; cela m'amusait, et
puis, mon oncle, j'avais la présomption de croire
que tu serais bien aise de m'avoir avec toi.

Elle dit tout cela avec une pointe de malice et si gentiment que l'oncle ne sut plus que dire.

— Eh bien ! viens t'asseoir et te reposer, ma petite chérie, reprit-il, et il l'emmena dans un creux de rocher où deux ou trois personnes pouvaient prendre place et où l'on était parfaitement à l'abri du soleil et du vent.

— Oh ! mon oncle, ce petit coin est délicieux, s'écria la jeune fille en s'asseyant.

— Oui, n'est-ce pas ? J'ai découvert cela l'autre jour ; maintenant tu vas reposer tes pauvres petits pieds et rester tranquille en écoutant ce que la mer te dira.

La vue était magnifique ; de ce côté, les rochers de granit s'abaissaient en grandes ondulations jusqu'à la plage ; de place en place quelques herbes poussées entre les blocs de pierre rompaient la monotonie de la couleur grise du granit ; au loin, la mer s'étendait à perte de vue ; le ciel, d'un bleu foncé, n'était parsemé d'aucun nuage, la journée était splendide et tout dans la nature respirait un calme profond. Une brise légère en passant sur la mer formait de toutes petites vagues, au milieu desquelles des barques avec leurs voiles blanches glissaient lentement ; au loin, on apercevait de plus grands bâtiments : les uns disparaissaient peu à peu, tandis que d'autres grandissaient en se rapprochant ; la mer montait et l'on commençait à entendre le clapotement de l'eau au milieu des rochers.

Lina Duncan resta longtemps silencieuse, puis respira longuement comme quelqu'un qui cherche, sans les trouver, des mots pour exprimer ses pensées.

— Oncle Donald, dit-elle enfin, crois-tu que le ciel ressemble à cela ?

M. Duncan promena un regard sur la mer, puis sur le ciel, et dit :

— Dans son calme divin, dans sa beauté immortelle, dans sa paix infinie, je crois que oui, Lina.

Il y eut un nouveau silence, bientôt interrompu par une voix jeune, claire et joyeuse.

— Bravo ! Lina Duncan, bravo ! Il faut que j'aie reçu une bien excellente éducation pour ne pas me laisser entraîner par la colère à proférer quelque bon juron !

L'oncle et la nièce tournèrent la tête et aperçurent, juste au-dessus d'eux, sur le bord du rocher, Guy Duncan coiffé de son grand chapeau de paille, son bâton ferré à la main ; il était toujours mince et élancé, — il avait même encore grandi, il avait pris de la force ; il était devenu un homme pendant les trois années écoulées depuis que nous avons fait la connaissance de la famille Duncan.

L'expression sérieuse de la figure de Lina s'évanouit, et ce fut par un éclat de rire qu'elle salua son frère.

— Allons, viens, Guy, et pardonne-moi mon abandon ; j'ai commencé l'ascension quand tu es parti voir cet oiseau unique en son genre, et je croyais que tu me rattraperais.

— Je l'aurais facilement pu si je n'avais pas perdu une demi-heure à te chercher autour de l'hôtel ; et si je n'étais pas un saint, oui, un vrai saint, je ne te pardonnerais pas ainsi. Tu me traites d'une façon abominable, tu me fais tourner comme tu veux, et je me demande parfois si c'est un manque de caractère ou d'intelligence qui fait que je n'ai pas de rancune.

Mais Lina avait des réponses en réserve, elle n'était jamais à court. Ce badinage, qu'ils aimaient, était une habitude d'enfance encouragée plutôt que réprimée par l'oncle Donald, et un jour ne se passait jamais sans qu'à plusieurs reprises le frère et la sœur se donnassent le plaisir de se renvoyer ainsi la balle. Mais ce qui était un trait caractéristique de cette famille, c'est que,

après ces taquineries et ces plaisanteries inno-
centes, ils changeaient rapidement de conversation et abordaient sans façon des sujets graves et
sérieux.

Guy s'installa confortablement près de sa sœur
et, tout en contemplant la mer et le ciel, devint à
son tour silencieux ; il éprouvait le même sentiment qui avait envahi Lina un instant auparavant,
il ne pouvait plus plaisanter en face de ce spectacle
grandiose.

Enfin Lina reprit :

— Ainsi, oncle Donald, c'était singulier, très
singulier ?

— Quoi donc ? demandèrent simultanément
M. Duncan et Guy.

— C'est seulement une citation que je fais ;
j'ai entendu ces mots quand j'ai rejoint mon
oncle.

— Et tu m'as tout fait oublier depuis, reprit
M. Duncan.

— Est-elle venue jusqu'ici toute seule ? demanda
Guy. Car, quoique les rochers ne soient pas très
élevés, la pente est abrupte et l'ascension difficile
pour une jeune fille seule.

— Oui, mon neveu, tu lui as souvent donné de
mauvais exemples, et maintenant elle les suit.

— Mais, mon oncle, tu ne pensais pas à nous quand je t'ai trouvé ici, dit Lina.

— Non, cette manière de parler tout seul est une mauvaise habitude que j'ai prise pendant mes longs voyages solitaires dans l'Amérique du Sud.

— A quoi tout cela a-t-il rapport? demanda Guy; vous aimez tous deux les mystères et vous prenez plaisir à exciter la curiosité des gens.

— Mais, reprit M. Duncan, c'est aussi bien un mystère pour moi que pour toi. En quittant la route, je me suis rencontré avec quelqu'un qui m'a fait l'effet d'un revenant. De tournure et de figure, il ressemble tellement à un homme que j'ai connu autrefois que j'ai cru que c'était son fils.

— C'est très possible; qu'y aurait-il de si singulier? demanda Guy.

— C'est que tous les deux sont morts et, si l'un des deux avait vécu, j'aurais exploré toutes les parties du monde pour le trouver.

— Vraiment? dit Guy; et il cessa de jouer avec sa canne pour regarder son oncle; les yeux de Lina répétèrent la question de son frère.

— Oui, mes enfants, car cet homme était mon ami, et il m'a sauvé la vie. Sans lui, sans sa promptitude et son courage, je ne serais pas aujourd'hui sur les rochers de Rhode-Island et vous.... vous seriez obligés de vous tirer d'affaire dans le monde sans l'aide de l'oncle Donald.

Lina se rapprocha de son oncle comme si ces paroles lui faisaient mal ; Guy parut un peu ému, mais tous deux attendirent que M. Duncan continuât.

— Le jeune homme que j'ai rencontré tantôt et qui ressemble tant à mon ami est à peu près de l'âge de Guy, pas tout à fait aussi grand ; il a les épaules plus larges et semble plus fort. Il a une expression sérieuse, ouverte et honnête, son teint est brun, et à sa manière de marcher il est évident qu'il mène une vie active et extérieure, exactement comme Jacques.

— Lui as-tu parlé ? demanda Lina.

— Non, je n'ai pas eu le temps ; il était pressé évidemment, peut-être venait-il de prendre son bain et faisait-il une promenade hygiénique. Sa brusque apparition a amené un tel flot de souvenirs que je n'ai pensé à l'aborder que quand il a eu disparu ; mon étonnement ne lui a pas échappé, car il m'a regardé à plusieurs reprises.

Les deux jeunes gens ne dirent rien, mais une même pensée traversa leur esprit : il n'y avait rien d'étonnant à ce qu'on regardât attentivement leur oncle. M. Duncan n'avait pas une figure ordinaire, il avait ce qu'on appelle une belle tête, et on aimait à le contempler ; mais si ses enfants lui avaient exprimé leurs pensées, il ne les aurait pas crus et aurait mis leur opinion sur le compte de la partialité née de l'affection qu'ils lui portaient.

— Maintenant, mon oncle, dit Lina en ôtant son chapeau et se rasseyant commodément, tu vas, s'il te plaît, nous raconter cette histoire dont tu ne nous as jamais parlé ; c'est justement le temps et le lieu pour l'écouter.

Le doux murmure de la mer leur était apporté par un léger vent ; le calme le plus parfait régnait autour d'eux. Lina avait raison : c'était bien le moment d'entendre une histoire.

M. Duncan ne demandait pas mieux que d'obéir à sa nièce chérie, il commença donc.

— Nous avions depuis deux jours et deux nuits une tempête épouvantable, les plus vieux conducteurs qui faisaient le service depuis des années affirmaient qu'ils n'avaient jamais rien vu de semblable; une trombe avait ravagé les prairies du Missouri, presque détruit les routes, qui étaient devenues pour ainsi dire impraticables, et voyager était aussi difficile pour les bêtes que pour les gens.

A cette époque je faisais une tournée d'affaires
dans les États-Unis, après un séjour de cinq ans
dans l'Amérique du Sud. Les intérêts de la Compagnie m'avaient appelé dans le Kansas, et au moment qui nous occupe, ayant accompli ma mission,
je revenais à Saint-Louis. Un de mes associés était
dans cette ville et se préparait à partir pour Bue-
nos-Ayres ; il était de la plus grande importance
que je pusse le voir et me concerter avec lui avant
qu'il s'embarquât pour la Nouvelle-Orléans. Voyager sur les frontières n'était pas chose aussi facile
il y a vingt ans qu'aujourd'hui, et ces deux nuits et
ces deux jours passés en mauvaise voiture m'avaient
complètement brisé ; j'étais meurtri, fatigué, quand
enfin nous atteignîmes très tard un relais à environ
cinquante milles du Mississipi, où je comptais rencontrer un paquebot pour Saint-Louis.

Ces sortes de relais ou stations étaient tout ce
qu'on pouvait imaginer de plus primitif. Celui-là
était une espèce de hangar fait de troncs d'arbres
grossièrement reliés entre eux. Dans le hangar
était un mauvais cabaret avec un grand feu.

J'étais mouillé jusqu'à la peau et complètement
glacé. L'automne était avancé et il s'en fallait de
peu que la pluie ne se changeât en neige ; j'avais
dû souvent pousser à la roue, ou aider à retirer

le véhicule de quelque ornière profonde : vous pouvez penser si j'avais besoin de repos.

Depuis deux jours, c'est-à-dire depuis le commencement de la tempête, aucune diligence ne s'était arrêtée là ; la nôtre ne devait repartir que deux heures plus tard. Il y avait seulement trois voyageurs autour du feu. Depuis dix ans j'avais appris à juger les gens sur la mine. Deux de ces hommes étaient grands et forts, ils avaient l'air grossier ; leurs barbes incultes leur cachaient une partie du visage, leur expression était dure. C'étaient probablement des chasseurs du Texas, qui avaient passé leur vie sur les frontières, parmi les Indiens et les buffles.

L'autre individu différait complètement, et je vous ai fait son portrait en décrivant le jeune homme que j'ai rencontré tantôt ; seulement le voyageur devait être plus âgé d'une quinzaine d'années.

Je me tins auprès du feu pendant dix minutes pour tâcher de me réchauffer, mais à chaque instant je m'endormais et manquais de tomber de ma chaise. La conversation de ces chasseurs se rapportait à leur apparence, et était parsemée de grossiers jurons. Ils buvaient de mauvais wiskey, et cette odeur me donnait des nausées. L'autre

voyageur et moi nous échangeâmes quelques re-
marques sur l'état des routes, nous parlâmes de la
tempête, puis je retombai dans une sorte de som-
nolence. Par ce bout de conversation, j'avais appris
qu'aucun des voyageurs ne se dirigeait sur le même
point que moi.

J'ai un vague souvenir de m'être ensuite étendu
sur un banc dans un coin de la pièce, puis je ne
sais ce qui se passa jusqu'au moment où le conducteur me cria à l'oreille que la diligence repartait.

En montant dans le véhicule, je vis que les
deux chasseurs s'y étaient déjà installés; la perspective d'avoir leur compagnie pendant trente
milles n'était pas agréable, mais sur les frontières
il ne faut pas être difficile en fait de société. Je
tâchais donc de me consoler de cet ennui, lorsque,
à ma grande surprise, je vis monter le troisième
voyageur, qui m'avait dit attendre la diligence
pour l'ouest.

Les chasseurs partagèrent évidemment mon
étonnement, mais non ma satisfaction; ils com-
mencèrent par jurer d'un air de menace, puis ils
lui demandèrent assez grossièrement comment il
se faisait qu'il vînt avec nous après avoir dit qu'il
allait dans le Kansas.

— En effet, répondit-il vivement, c'était mon

intention, mais quelquefois on change d'avis : Je suis fatigué de voyager par un temps et des routes semblables, et comme j'ai affaire à Saint-Louis, je vais commencer par y aller ; j'irai dans le Kansas après.

Ces raisons avaient l'air très plausibles, mais les chasseurs se regardèrent avec une vilaine expression et comme des gens qu'on dérangerait au milieu d'un mauvais coup.

Ce regard me frappa, quoique je fusse à peine réveillé. Pendant une heure ces hommes continuèrent à converser avec leurs jurements accoutumés, et comme ils avaient souvent recours à leurs gourdes d'eau-de-vie, ils s'animèrent de plus en plus.

L'autre voyageur ne disait rien, il restait immobile dans son coin, je croyais qu'il dormait.

Enfin, les chasseurs texans se proposèrent de marcher un instant. Le vent était tombé, la pluie continuait et s'était changée en brume épaisse : l'obscurité ne diminuait pas encore.

— J'espère que nous aurons meilleur temps à mesure que le jour se lèvera, dis-je à mon compagnon au moment où les deux Texans refermaient violemment la portière.

Pendant que je parlais, le voyageur avait relevé la tête, la lumière de la lanterne l'éclairait en

plein et je vis que ses yeux semblaient vifs, très
éveillés et un peu inquiets.

— Savez-vous, me dit-il à voix basse en se penchant vers moi, que ces hommes ont l'intention de
vous tuer ?

Ici Lina pâlit et jeta un cri d'effroi.

— Ce n'est pas une jolie histoire à te raconter,
j'aurais dû penser à cela avant de commencer, dit
le narrateur avec remords.

— Allons, Lina, calme-toi, dit son frère, tu vois
que tout a bien fini, puisque c'est l'oncle Donald lui-même qui nous raconte l'histoire.

— Désirez-vous que je continue, demanda
M. Duncan.

— Oh oui ! s'écrièrent ensemble le frère et la
sœur.

— J'aurai bientôt fini. Le voyageur avait entendu
la conversation des chasseurs ; dès l'abord, il avait
compris qu'ils étaient capables de tout. Pendant
que je dormais, ils avaient parié que j'avais de
l'argent, — ce qui était vrai ; — ils avaient déclaré
que je valais la peine d'être tué et qu'ils auraient
une bonne occasion pendant ce long trajet de nuit
dans les prairies.

Ils avaient parlé à mots couverts, et pendant ce
temps mon compagnon, qui feignait de dormir ;

sentait son sang se glacer dans ses veines en entendant les détails dans lesquels les Texans entraient
pour bien mettre leur projet à exécution.

Ils devaient se partager le butin, et contraindre
le cocher au silence ou encore le payer pour se
taire ; ils le connaissaient et ne doutaient pas de le
gagner.

Le voyageur avait pensé à dénoncer immédiatement ces misérables, mais il n'avait aucune preuve ;
puis les Texans étaient armés de revolvers et de
couteaux-poignards, il y aurait un combat san-
glant et il ne pensait pas pouvoir compter sur le
propriétaire de la station.

Cependant, quand la diligence fut prête à partir,
il sentit que le meurtre d'un homme pèserait sur
sa conscience, s'il me laissait partir seul et sans
défiance en compagnie de ces deux hommes ; ne
pouvant rien faire alors, il prit le parti de venir
avec moi.

Tout cela, je l'appris dans les quelques mots
qu'il murmura à mon oreille ; ma réponse fut une
question.

— Savez-vous, mon ami, demandai-je, que vous
risquez votre vie pour sauver la mienne ? Car ces
monstres peuvent penser que cela vaut la peine de
nous tuer tous deux.

— Dans ce cas je mourrai avec la conscience tranquille ; tandis que j'aurais vécu avec des remords si, sachant ce que j'avais découvert, je vous avais laissé partir sans lever un doigt pour vous sauver.

Il n'y avait pas de temps à perdre en grandes phrases, je lui serrai la main ; nous fîmes vite nos plans ; il faut savoir être prompt quand notre vie en dépend.

N'étant pas sûrs du conducteur, nous résolûmes de ne rien lui dire, il aurait pu nous trahir, et je crois que nos ennemis en avaient la même opinion. Pour eux l'affaire s'était compliquée puisqu'ils allaient avoir deux hommes contre eux au lieu d'un. Il était possible après tout que ce changement les fît renoncer à leur projet ; en tout cas nous les attendîmes avec nos armes prêtes.

— Quelles armes ? demanda Guy qui semblait boire les paroles de son oncle.

— Des pistolets, mon neveu ; l'homme le plus pacifique ne peut penser à hasarder sa vie au milieu de la population des frontières sans être préparé à vendre chèrement sa vie.

Quand les chevaux s'arrêtèrent pour boire, les Texans remontèrent. Ils avaient repris courage en s'administrant une bonne dose de whiskey et s'étaient probablement juré que rien ne les ferait renoncer à leur projet et que deux hommes au lieu d'un ce n'était pas un obstacle.

Je vis un éclair sinistre dans leurs regards pendant qu'ils reprenaient leurs places.

L'avantage matériel était de leur côté, ils étaient grands, lourds, et avaient, à n'en pas douter, une grande force musculaire ; mais nous avions pour nous la force morale et je pensai qu'avant peu nous la leur ferions sentir. Nous attendîmes, la main sur nos pistolets, en surveillant attentivement chacun de leurs mouvements. Le temps nous parut long.

Tout à coup nous surprîmes un mouvement significatif, nous comprîmes que c'était le signal dont ils étaient convenus. Leurs mains cherchèrent un revolver à leur côté ; mais, avant qu'elles s'en fussent saisies, deux pistolets étaient braqués sur les misérables.

— Bas les mains, ou vous êtes morts, criâmes-nous en même temps.

Les Texans étaient atterrés, leurs mains lâchèrent prise, ils étaient à notre merci.

— Vous vouliez nous tuer et nous voler, dis-je avec autant de calme que je pus. Nous savons tout, vous voyez ; levez un doigt et vous êtes morts.

Il n'y avait pas de méprise possible, l'expression

de nos visages et les pistolets toujours braqués sur eux devaient leur faire comprendre que nous étions tout prêts à faire feu. Ces gens-là sont cruels, mais souvent lâches ; ils devinrent livides et restèrent parfaitement immobiles. Au bout d'un instant, ils demandèrent grâce.

— Qu'avez vous fait, demanda Guy vivement intéressé.

— Nos pistolets toujours tournés vers eux, nous les forçâmes à déposer leurs revolvers et leurs couteaux hors de leur portée, mais à notre proximité, et ainsi nous roulâmes pendant deux mortelles heures. Je vous laisse à juger si le trajet fut agréable en pareille société et par une nuit noire.

— J'en doute, répondit Guy,

— Je ne voudrais pas revivre ces deux heures, quoique à la fin le jour commençât à poindre.

— Qu'avez vous fait de ces hommes, demanda Lina ; les avez-vous laissés aller ?

— Oui, enfant, nous cédâmes à leurs prières et à leurs promesses. D'un autre côté la justice était mal faite, il aurait fallu beaucoup de temps, et nous ne pouvions attendre. Ils s'enfoncèrent dans les bois, très penauds et très honteux : naturellement les armes ne leur furent pas rendues, quoique nous eussions pu les leur donner sans danger pour nous ; comme je vous le disais, la force morale est quelquefois un meilleur auxiliaire que la force physique.

— Et ton brave compagnon, qu'est-il devenu ? demanda Guy.

— Il vint à Saint-Louis avec moi et, chose étrange, nous découvrîmes que nous avions été camarades d'école dans la ville où nous sommes nés tous les deux et que l'un et l'autre nous avons quittée avant l'âge de dix ans. Il avait eu de rudes moments à passer ; mais son caractère avait gardé une grande élasticité, il voyait toujours les choses du bon côté ; c'était une noble nature, un cœur chaud.

Il avait un petit garçon d'environ trois ans qui était à Saint-Louis en ce moment : il était confié aux soins de la femme qui avait soigné sa mère dans sa dernière maladie, il y avait quelques mois qu'elle était morte. Cette femme était mariée et paraissait aimer l'enfant.

Du reste, comme Jacques n'avait aucun proche parent, il était forcé de le lui confier pendant les absences nécessitées par ses affaires.

— Comment s'appelait-il ? demanda Lina.

— Jacques Beresford. Nous reprîmes l'habitude

de nous appeler par nos noms de baptême comme
autrefois, et nous nous vîmes chaque jour pendant
les deux semaines que je passai à Saint-Louis
après cette mémorable nuit, qui manqua d'être ma
dernière. Quand je partis, je promis à Jacques que
tant que je vivrais son fils aurait un ami, un protecteur. Il reprit sa route vers les plaines, et moi
pour l'Amérique du Sud.

Nous ne nous sommes jamais revus.

— Qu'est-il devenu, demanda Guy.

— Je fus longtemps sans en entendre parler, car
la poste est mal faite sur les frontières ; enfin
j'appris que Jacques avait eu les fièvres et était
mort moins de six mois après que je l'eus quitté.
Je pris immédiatement des informations pour savoir ce qu'était devenu le petit garçon, et j'appris
par le mari de sa gardienne que, quelques semaines après la mort de Jacques, il avait succombé à
une épidémie qui avait sévi sur les enfants de la ville.

Dix années plus tard je revins à Saint-Louis et
je fis des recherches pour retrouver les gens chez
lesquels le petit garçon était mort, mais ils avaient
disparu depuis longtemps et je ne pus retrouver
leurs traces.

— Et ce jeune homme que tu as rencontré tantôt
ressemblait à M. Beresford ? demanda Guy.

— Assez pour croire que je voyais l'enfant ressuscité et devenu un homme ; cela ne peut pas
être, mais certaines ressemblances sont éton-
nantes.

— Et je suis bien aise de cette coïncidence, car
sans cela nous n'aurions pas entendu ton histoire,
qui m'a vivement intéressé, reprit Guy en se levant
et en se détirant les membres. Vous avez eu joliment de la chance, il faut en convenir, ajouta-t-il
avec un éclair d'envie dans le regard, et vous étiez
tous deux bien adroits.

— Jacques a été plus qu'adroit quand il a ha-
sardé sa vie pour sauver la mienne : il a été
noble, brave, généreux. Ma petite Lina, ajouta
M. Duncan, cette histoire-là n'était pas faite pour
toi, j'aurais dû y penser, mais j'ai été pris par
surprise ; tu as l'air tout triste.

La jeune fille s'efforça de sourire :

— Mon bon oncle, dit-elle, tu as été si près
de ......

— Mais, chère petite, puisque je suis maintenant
près de toi, il ne faut pas penser à ce qui aurait pu
arriver, et puis c'est si loin, tu n'étais pas née,
alors.

— Il y a encore autre chose, oncle Donald....
Elle hésita.

— Eh bien, dis-le, ma chérie, répondit M. Duncan en lui tendant les mains pour l'aider à se lever et en la gardant près de lui.

— Je pense que c'est pour Guy et pour moi que tu as ainsi travaillé et que tu as couru de pareils risques, et nous n'avons jamais pensé, ou bien rarement du moins, à tout ce que le luxe dont nous jouissons t'a donné de peine à acquérir.

— Pour qui un homme cherche-t-il à s'enrichir ? Ce n'est pas pour lui-même en général, mais pour sa femme et ses enfants. Eh bien ! sans m'en douter, je travaillais pour vous, qui êtes mes enfants, en somme.

Sa figure exprimait un bonheur intense en regardant Lina et Guy ; en effet, ils étaient bien « ses enfants ».

Le soleil allait disparaître, il était déjà à moitié enfoncé dans la mer, semblait-il ; le ciel était embrasé et quelques petits nuages qui se montraient çà et là étaient empourprés des plus riches couleurs.

Tous trois restèrent immobiles à contempler ce spectacle grandiose, puis M. Duncan parla du départ :

— Guy, donne ton bras à ta sœur, il est temps de rentrer.

CHAPITRE VI

A environ cinq cents mètres de l'hôtel de Rhode-Island se trouvait une maison de campagne fort simple, mais attrayante, elle avait vue sur la mer ; et son toit en sifflet se voyait de loin à travers les arbres ; sur toute la longueur de la façade était une de ces sortes de galeries couvertes si fort à la mode en Amérique.

Ce soir-là, un jeune homme et une jeune filles'y promenaient en causant.

C'était une de ces belles nuits d'été si douces, si pures et si calmes, où la lune et les étoiles brillent dans toute leur splendeur et font oublier que le jour fait défaut.

La mer se retirait, mais on pouvait encore entendre le murmure des vagues venant mourir sur

e sable. La lune se mirait dans l'onde calme et lui
lonnait un reflet argenté ; les promeneurs s'arrê-
èrent pour contempler ce beau spectacle, la lune
ombant d'aplomb sur eux les éclairait comme
en plein jour.

— Quelle soirée ! quelle vision à serrer dans
notre mémoire comme souvenir des beaux jours
passés ici ; je suis bien aise que notre dernière
soirée soit aussi belle, dit enfin la jeune fille après
un long silence.

Elle était habillée de blanc, un simple nœud
rose dans les cheveux rompait la monotonie de
cette toilette.

— Oui, après avoir vu cela, il vaut mieux s'en
aller. La mer n'était pas nouvelle pour moi comme
pour vous, Madeline, qui ne l'aviez jamais vue,
et cependant, depuis que nous sommes ici, il me
semble que jusqu'à présent j'en avais ignoré la
beauté.

On a compris que les causeurs étaient d'anciennes connaissances, mais trois ans se sont écoulés depuis que nous les avons laissés réunis autour
du feu à Bayberry, le jour où Roland avait donné
Silk II à Madeline.

Depuis un an, tante Rachel était malade et le
docteur avait ordonné un changement d'air, Made-

line et Roland l'avaient donc accompagnée à Rhode-Island ; ils avaient pris pension dans une famille où se trouvait en outre une douzaine d'autres pensionnaires, tous assez gais et voulant jouir de leurs vacances.

— Je ne peux croire qu'il n'y a que deux semaines que nous sommes ici, j'y ai beaucoup vécu, et après ma vie tranquille de Bayberry, je trouve que le contraste est bien grand ; cependant, c'est délicieux de découvrir tant de choses qu'on ignorait. Je suis bien aise, Roland, que tout le monde soit descendu sur la plage et qu'on nous ait laissés seuls pour notre dernier soir.

— Oui, c'est une bonne idée qu'ils ont eue de s'en aller. Vous et moi avons eu le loisir de faire d'autres études que celles de la mer et de ses beautés, et elles sont tout aussi satisfaisantes.

— Oui, cela fait voir la vie sous un nouvel aspect. Tout ce monde m'a grandement amusée, et intriguée aussi.

— Croyez-vous que nous n'avons pas, ou plutôt que vous n'avez pas aussi excité la curiosité de nos commensaux, répondit Roland qui, plus grand de la tête, regardait sa compagne avec un sourire malin.

Elle se mit à rire, d'un rire un peu bas, mais clair et argentin comme celui d'un enfant.

— Vous pouvez dire *nous,* Roland. Cette bonne
Mᵐᵉ Kirk s'est prise d'amitié pour tante Rachel,
— vous savez qu'elle aime à bavarder, — et elle lui
a confié ce matin que, depuis que nous sommes
arrivés ici, tout le monde a cherché à savoir si
nous étions frère et sœur ou fiancés ; c'est le grand
problème du moment.

Ce fut au tour du jeune homme de rire d'un air
joyeux.

— Eh bien ! dit-il, je voudrais savoir s'ils ont
résolu le problème d'une manière satisfaisante.

— Je n'en sais rien. Mais, mon ami, cela fait du
bien de se voir quelquefois par les yeux d'autrui.

Mᵐᶜ Kirk a remarqué qu'il y a dans notre manière d'être quelque chose de trop franc, de trop
ouvert pour que nous soyons fiancés, et cependant
un frère et une sœur sont plus intimes, plus familiers, moins réservés que nous ne sommes.

L'air retentit encore de leur rire joyeux, puis
Madeline reprit plus sérieusement :

— Roland, cette plus grande connaissance du
monde ne m'a pas été toujours agréable.

— Je le sais, Madeline, car je vous connais.

— Est-ce que toutes les jeunes filles sont comme
celles qui sont ici, vaniteuses, coquettes, affectées?
Je les ai écoutées pendant des heures entières, et

je m'en suis allée découragée. Est-ce que, en général, la conversation entre les hommes et les
femmes est aussi vide, aussi nulle, aussi insensée?

— Je crois au contraire que vous avez là un bel
échantillon de la vie du monde, car toutes les personnes qui habitent cette maison sont bien élevées
et appartiennent à la meilleure classe de la société.

— Et ce sont des sœurs et des filles ! elles seront
un jour des femmes et des mères ! C'est triste à
penser, Roland, dit Madeline avec un geste de la
main qu'elle avait conservé de son enfance, — et
du reste elle avait gardé beaucoup de ses anciennes
habitudes. — Je ne m'étonne plus que les hommes
ne soient pas meilleurs.

— Je ne suis pas sûr, — dit Roland, avec un
éclair dans les yeux et d'un ton de gravité affectée, — que cela les excuse beaucoup.

Il est bien vrai que les hommes sont mauvais,
mais mettre tous leurs défauts sur le compte de
votre sexe.....

Madeline l'interrompit vivement.

— Croyez-vous que j'eusse exprimé une pareille idée devant tout autre homme que vous ?

— Oh ! non certainement, mais cela ne fait que
rendre votre condamnation plus sévère.

— Mais, Roland, reprit la jeune fille avec une

sorte de remords, je ne voulais pas être sévère. J'ai cherché à fermer les yeux pour ne pas voir bien des choses, et à prendre tout par le bon côté, mais ce qui me choque ce sont ces grâces mignardes, cette affectation ; à quoi tout cela peut-il aboutir ? Depuis quinze jours, au salon ou sur la plage, aux repas, aux parties de croquet, à chaque promenade à pied, à cheval, en voiture, ou en barque, partout la coquetterie a eu beau jeu, il me semble que c'est fastidieux ; et qu'est-ce que cela rapporte ?

— Cela dépend de la manière dont vous envisagez le but, répondit Roland en tordant sa moustache pour dissimuler un sourire.

— Le but ? vous le savez aussi bien que moi.

— C'est ?

— L'admiration, les conquêtes, et quelques-unes sont fières de les compter par douzaines !

Roland se mit à rire en entendant le ton d'horreur avec lequel Madeline s'exprimait.

— Comme les chasseurs leur gibier, et les pêcheurs leur poisson, n'est-ce pas Madeline ?

— Précisément, et quand toutes ces demoiselles se trouvent ensemble, elles se targuent de leurs triomphes. — Mais, Roland, on dirait que vous vous moquez de moi ?

— Un peu ; en apparence, au fond je suis d'ac-

cord avec vous ; mais votre indignation m'amuse
et elle est bien faite pour cela, Madeline.

— Oui, je le sais, mais cela m'est égal ; peut-
être est-ce parce que je suis habituée à vous. Après
tout, vous autres hommes, vous n'avez pas d'ex-
cuses. Vous êtes autant à blâmer que nous, si ce
n'est plus. Vous êtes fascinés, — ou vous pré-
tendez l'être par ces stupides conversations, ces
prétentions ridicules ! Si vous vouliez agir autrement, causer sérieusement, nous saurions vous
répondre. Par le fait tout le monde est masqué. L'un
flatte et l'autre vous tient sous le charme ou essaye
au moins. Eh bien ! tout cela est démoralisant,
comme tout ce qui est faux et clinquant.

Roland ne répondit rien et ils continuèrent leur
promenade en silence ; la voix de la mer se faisait
entendre au loin, et la terre était idéalisée et em-
bellie par la lumière argentée de la lune. Enfin la
jeune fille leva les yeux sur son compagnon et fut
frappée de son expression.

— A quoi pensez-vous ? Roland, dit-elle.

— A ce que vous venez de dire, aux personnes
qui demeurent ici, à vous, Madeline, et combien
vous êtes différente des jeunes filles de votre âge.

J'ai eu souvent l'occasion de vous comparer à
elles depuis que nous sommes ici.

— Si la comparaison est en ma faveur, vous devez vous souvenir que vous ne les connaissez pas comme moi, et qu'elles ne vous ont montré que leur caractère de société.

Madeline aimait l'approbation, mais elle n'acceptait pas un compliment qui entraînât un blâme pour d'autres.

— Oui, mais ce n'est pas là toute la différence ; savez-vous, Madeline, que vous devenez très belle.

Quelle jeune fille de dix-neuf ans peut écouter avec indifférence de pareilles paroles ? Elle regarda Roland d'un air profondément heureux.

— En êtes-vous bien sûr, Roland ? Savez-vous que depuis quelque temps j'en suis venue à le croire moi-même.

Les beaux yeux gris du jeune homme reflétèrent son sourire. Il n'y avait pas au monde, pensait-il, une autre Madeline Earle ; elle seule était capable de faire une semblable remarque avec une telle simplicité.

— Il est vrai que de tout temps, reprit Roland, vous m'avez semblé mieux que personne, mais aujourd'hui je vous parle de ce que les autres pensent de vous.

Madeline resta un moment silencieuse ; toute

sa physionomie respirait le bonheur, mais il n'y avait sur sa figure ni rougeur ni confusion.

— Je suppose, dit-elle enfin, qu'un homme ne peut comprendre ce sentiment-là, mais c'est une grande chose pour une femme d'arriver à connaître sa valeur.

— Oui, je le crois, répondit Roland simplement.

Il aurait voulu montrer sa sympathie, mais son instinct lui fit comprendre qu'avec son amie il ne fallait pas agir comme avec d'autres.

— Surtout, continua Madeline, en achevant sa pensée, surtout quand comme moi on a souffert dans son enfance de la pensée qu'on était d'une laideur exceptionnelle. Je sentais vaguement que c'était une faute grave d'être laide, et de plus j'avais de très mauvaises manières, dont je ne pouvais me défaire, qui faisaient partie de moi-même et que tante Rachel n'admettait pas. C'est vous, Roland, qui le premier avez fait naître dans mon esprit le soupçon que je pouvais bien me tromper en me croyant vraiment repoussante.

— Moi, Madeline? où et quand?

— Un après-midi, il y a bientôt trois ans, nous étions assis sur la grande pierre dans le verger, et vous m'avez répété une conversation que vous

aviez entendue entre le docteur et un de ses amis,
un artiste.

— Ah oui ! je me souviens. Je n'y avais plus
jamais repensé ; mais il avait dit vrai, Madeline,
et maintenant je comprends sa pensée bien mieux
que je ne l'avais fait alors.

Tout en parlant, Roland examinait la jeune fille
attentivement et avec complaisance, comme on
admire un beau portrait.

— La beauté, reprit Madeline, est une grande
puissance; je me demande ce que la mienne fera
pour moi et pour les autres.

— Vous en parlez comme si elle appartenait à
une autre personne ; elle vous assurera des conquêtes, et vous savez ce que cela signifie pour une
fille de votre âge.

— Des conquêtes ! répéta Madeline d'un ton de
suprême mépris, et avec un geste dédaigneux
qui contrastait avec ses manières franches et presque enfantines.

— Après cela, je me trompe peut-être, dit Roland en continuant à la regarder comme s'il découvrait en elle une beauté cachée qu'il avait ignorée
jusqu'alors. Madeline, comme le ciel qui a ses
moments de splendeur, à l'aurore et au coucher
du soleil, de même vous aurez des instants où

vous serez très belle. Je voudrais être poète pour quelques minutes afin de vous exprimer ma pensée par des mots appropriés au sujet. Mais je suis bien terre à terre. Je puis seulement vous dire que c'est dans l'expression que réside surtout le charme de votre physionomie, car elle est le reflet de la beauté de votre âme.

— Je ne crois pas qu'un poète se fût mieux exprimé que vous, Roland, dit-elle en souriant.

C'était bien là le même sourire qui se jouait sur les lèvres de Madeline quand le jeune homme avait surmonté quelque difficulté, compris quelque leçon abstraite après son arrivée à Bayberry, ce sourire qui lui avait fait faire tant de choses, et qui le récompensait de ses peines. En le retrouvant sur ce visage aimé, Roland sentit son esprit envahi par un flot de souvenirs. Dans ce temps-là cette petite fille avait été le monde entier pour lui. Sa foi en lui, sa sympathie, son intérêt l'avaient soutenu dans le long et courageux effort qu'il avait dû faire pour oublier son ancienne vie, ses habitudes d'enfance. Elle l'avait aidé jour par jour à se développer, à changer de pensées, d'habitudes, d'aspirations, jusqu'à ce qu'enfin il pût sans trouble jeter un regard en arrière, se revoir tel qu'il

était quand Madeline l'avait rencontré, et se dire :
Etait-ce bien vraiment moi ? moi, Roland Bell ?

Tous ces souvenirs lui arrivaient en foule ; il
aurait voulu dire tout cela à la charmante fille qui
sous ses vêtements blancs ressemblait plutôt à un
ange qu'à une mortelle. Un ange ! n'en avait-elle
pas été vraiment un pour lui ?

Mais plus la pensée est profonde, plus elle est
difficile à rendre ; aussi Roland n'exprima-t-il pas
tout ce qu'il ressentait en disant:

— Madeline, que nous soyons ici ou à Bayberry,
je trouve une immense différence entre vous et les
autres jeunes filles.

— Quelle différence ?

— Votre diapason est plus élevé, vous poursui-
vez l'idéal. Vous montrez à l'homme un but qu'il
est difficile d'atteindre, du moins pour la moyenne
de l'humanité ; il y a une chose que vous exigez
de lui inexorablement.

— Qu'est-ce que c'est, demanda la jeune fille
surprise.

— Le maximum du bien. Mais les hommes ne
peuvent pas toujours donner cela, et vous avez vu
que les femmes ne les y aident pas toujours non
plus. Votre franchise, votre fier mépris pour tout
ce qui est petitesse ou duplicité, décourageraient

d'avance les individus d'une trempe ordinaire. Je crois que la plupart des hommes auraient un peu peur de vous, Madeline.

— Roland, dit la jeune fille dont la voix tremblait, ce que vous me dites me surprend tellement que je ne sais que vous répondre.

Cependant quelques minutes lui suffirent pour se remettre, et toute rougeur avait disparu quand elle reprit :

— Mais, Roland, c'est notre idéal qui nous fait ce que nous sommes. Qu'est la vie sans lui. Je ne pourrais pas vivre sans idéal.

— Et croyez-vous, Madeline, que je voudrais vous en voir dépourvue ? C'est votre idéal, placé si haut, qui vous a faite ce que vous êtes et qui fera de vous une femme remarquable. Seulement il faut vous souvenir que tous les hommes ne sont pas des chevaliers de la Table Ronde, et c'est cela que vous leur demandez d'être.

— Moi, moi, je demande cela ! s'écria la jeune fille en le regardant avec un profond étonnement. Il y avait une expression pénible dans le son de sa voix, car elle trouvait qu'elle était bien loin du but qu'elle proposait aux autres.

— Mais, comprenez-moi bien, Madeline, toute votre vie vous continuerez à exiger beaucoup plus de vous que des autres. Et puis, vous savez, on dit que la jeunesse est sévère; quand nous serons vieux, nous deviendrons plus indulgents.

— Croyez-vous que j'aie été sévère pour toutes ces jeunes filles ici, Roland.

— Vous le serez moins dans dix ans. Il y a beaucoup de vrai dans ce que vous avez dit ; cependant je crois que le fond est meilleur que la surface ; ces coquetteries ne sont peut-être après tout que la mousse d'un vin qui pétille. Mais, Madeline, nous causons comme des vieux, n'est-ce pas ?

— Oui, il faut bien que la jeunesse pense quelquefois sérieusement. Je n'oublierai pas ce que vous m'avez dit, mon ami, ajouta-t-elle avec un sourire et un regard reconnaissant qui en dit beaucoup plus que ses simples paroles.

— Si Mme Kirk nous avait entendus, je me demande si elle aurait pris notre conversation pour une causerie amoureuse, ou bien fraternelle, dit Roland gaiement.

— Je crois, répondit Madeline, que ce serait un nouveau problème à résoudre.

— Eh bien, Madeline, décidez-le. Causerons-nous comme deux fiancés ?

La jeune fille, surprise, leva vivement les yeux,

et le regard qu'elle rencontra était grave et tendre.

— Roland, murmura-t-elle, est-ce sérieux ?

—Je n'ai jamais été plus sérieux, chère enfant.
Vous savez que c'est vous que j'aime le plus au
monde. Mais...... pardonnez-moi, Madeline, — et
la physionomie et la voix du jeune homme exprimèrent le chagrin et le regret, — j'avais oublié un
moment ce que j'étais il y a quelques années, et,
m'en étant souvenu, je réfléchis que ce que je viens
de dire peut vous paraître présomptueux, pour ne
pas dire plus.

— Ne répétez jamais cela devant moi, Roland.
Je ne vous aurais pas cru capable de nous juger
assez mal tous les deux pour dire cela *de vous* et à
moi.

En parlant ainsi, Madeline regardait le jeune
homme bien en face avec ses beaux yeux pleins
d'indignation.

— Alors, le spectre du passé n'existe pas entre
nous ; nous ne sommes pas frère et sœur, bien
que nous y ayons joué longtemps. Qu'est-ce qui
nous empêcherait de nous aimer autrement ? Je
ne suis pas beau parleur, vous le savez, Madeline,
mais j'exprime bien le fond de ma pensée quand
je vous dis qu'aucune femme au monde ne

ourra jamais m'être aussi chère que vous : l'idée
eule m'en paraît absurde.

— Aucun homme ne pourra jamais m'être aussi
cher que vous, Roland : la seule idée m'en paraît...... absurde.

— Eh bien, serons-nous fiancés ce dernier soir,
au bord de la mer, par ce beau clair de lune. Il
me semble que ce serait bien finir notre séjour
ci et d'une façon romanesque.

Madeline regarda son compagnon d'un air per-
plexe :

— Oui, la lune, le ciel, la mer, tout cela est un
cadre très approprié, mais il ne me semble pas que
j'aie l'ombre d'un sentiment romanesque, et vous?

— Moi, vous savez que je suis le garçon le plus
pratique, le moins sentimental, qu'il y ait au
monde ; et je ne crois pas que je sois capable de
le devenir.

— Peut-être, reprit Madeline, est-ce parce que
nous nous connaissons si intimement et depuis
si longtemps; mais l'idée d'être fiancés me paraît
si parfaitement drôle, si...

— Si quoi ?

— Si ridicule ! ajouta-t-elle en finissant sa
phrase par un rire argentin.

— Peut-être aussi n'ai-je pas fait ma demande

convenablement. Vous savez que je suis très maladroit.

— Non, mon bon Roland, vous avez dit tout cela
admirablement. Si je croyais que vous fussiez
parfaitement sérieux....

— Mais je vous ai dit que jamais de ma vie je
ne l'avais été davantage.

— Oui, je sais ; mais je veux dire que si je
croyais que cela fût utile, que nous en dussions
être plus heureux, je dirais oui, mais.., mais vraiment, Roland, il me semble que ce serait si gênant..
Nous ne saurions plus comment nous conduire
l'un envers l'autre. Fiancés ! — et elle se mit à rire
encore, comme si cette pensée était éminemment
comique.

— Nous pourrions apprendre, je suppose, — dit
Roland. Mais le rire est contagieux et le jeune
homme imita Madeline, comme si, lui aussi, il
trouvait que leurs nouvelles relations ne pourraient plus avoir la même franche allure que précédemment.

— Ne croyez-vous pas, reprit Madeline, qu'il
vaut mieux quant à présent laisser les choses
telles qu'elles sont ? Nous sommes très jeunes,
et puis ce n'est pas comme si nous ne devions
plus nous revoir

— Comme vous voudrez, Madeline, ce n'est cer-
ainement pas comme si nous devions nous séparer ;
nais je désire que vous compreniez bien que je
vous ai demandée ; que je vous ai offert, comme
je ne ferai jamais à aucune autre femme, mon
cœur et ma main, et que l'un et l'autre seront tou-
ours à votre service si vous voulez condescendre
à les accepter.

— Je me souviendrai, mon bon Roland : Je
sens que je devrais vous dire quelque chose de
joli et de bien convenable, mais je ne sais pas, ne
voulez-vous pas m'aider ?

Le jeune homme fit entendre un joyeux éclat de
rire.

— Ah ! par exemple ! quelle idée de vous
adresser à un pauvre malheureux qui vient de vous
demander, et qui, si j'en juge par le résultat, a
bien mal joué son rôle. Je ne puis vous être d'aucune assistance, Madeline.

— Ah ! Roland ! tout cela est bien drôle !

— Madeline, Madeline ! il faut que vous le sachiez, vous avez fait ce soir précisément ce que
vous blâmez tant chez les jeunes filles que nous
avons vues ici.

— Quoi donc ?

— Vous avez été adorablement coquette (à

votre manière), vous avez ensorcelé un homme pour le rejeter ensuite !

Elle s'arrêta, et regarda Roland bien en face, toute sa jolie figure donnait aux paroles de ce dernier un démenti indigné.

— Eh ! Roland, dit-elle de l'air d'un enfant accusé de quelque méfait, je n'ai pas fait cela.

Le son de voix joyeuses et de rires leur arriva de la plage.

— Les voilà tous qui reviennent, dit Roland ; ils ont passé une bonne soirée évidemment ; irons-nous au-devant d'eux, Madeline ?

— Oui, certainement, répondit celle-ci avec empressement, elle avait quelques remords de ses critiques.

Comme ils suivaient l'allée conduisant vers la mer, Roland regarda attentivement sa compagne.

— Madeline, dit-il, je vois que ce que tante Rachel a toujours dit de vous est vrai : vous êtes une singulière fille !

— Oui, je le crois, répondit Madeline, d'un air résigné. — Autrefois cette assertion la désolait comme si on l'eût accusée d'un crime. — Mais qu'est-ce qui vous fait penser cela maintenant ?

— La manière dont vous avez reçu ma demande ; c'était si drôle, et si bien de vous !

— Je voudrais savoir ce que tante Rachel dirait si elle savait ce qui s'est passé ce soir.

— Elle penserait que nous sommes deux enfants stupides qui méritent d'aller au coin et d'être ensuite envoyés coucher sans souper, répondit Roland avec gaieté, et pas du tout comme un prétendant éconduit.

Les voix se rapprochaient et les promeneurs aperçurent bientôt nos deux amis, qu'ils accueillirent par des hourras, car ils étaient vite devenus les favoris de tout le monde, quoique restant toujours un problème à résoudre. Mais la fraîche nature de Madeline, et la franche gaieté de Roland étaient une sorte de magnétisme qui attirait à eux tous ceux avec lesquels ils se trouvaient mis en contact. Cependant quiconque eût entendu leur conversation de la soirée, et vu leur manière d'être à l'égard l'un de l'autre, aurait compris qu'ils avaient eu raison de suivre l'instinct irréfléchi qui les avait poussés à attendre pour prendre une décision ; ils étaient très jeunes, et quoiqu'ils s'aimassent certainement beaucoup, ils ne ressemblaient pas à deux amoureux.

Une heure plus tard, les deux jeunes gens étaient remontés près de tante Rachel, qui, toujours fatiguée, passait tout son temps dans son fauteuil.

La vieille dame, vêtue de soie noire comme à l'ordinaire, et coiffée de son bonnet de dentelle, semblait au premier abord toujours la même : ses yeux avaient gardé leur vivacité et leur pénétration ; seulement sa figure était plus pâle et plus maigre, ses cheveux plus blancs, et ses mains avaient pris depuis peu l'habitude de rester inactives.

— Eh bien, tante Rachel, dit Roland de cette voix tendre qui était si douce à l'oreille de la vieille dame, si rien d'imprévu ne survient, nous serons demain à cette heure-ci à Bayberry.

— Oui, Roland, et je serai bien heureuse de revoir la vieille maison ; et ton père, Madeline, il ne sera pas fâché de nous ravoir, il a dû trouver le temps long.

— Pauvre papa ! il me semble le voir assis dans le chariot, nous attendant à la station, et sa belle vieille figure s'éclairer en nous apercevant pendant qu'il s'écrie : « Enfants, il me semble qu'il y a des mois que vous êtes partis ; tante Rachel, ont-ils été sages ? »

— Hum ! je vous ai beaucoup laissé la bride sur le cou, répondit la vieille dame, qui les considérait encore comme de véritables enfants ; vous

avez été courir les aventures partout où je ne pouvais vous surveiller.

Le jeune homme se leva et, redressant sa haute
taille et ses larges épaules, il se plaça devant tante
Rachel ; l'expression de ses yeux était pleine de
gaieté. Ces sermons, ces admonitions maternelles
qui lui eussent paru dures à dix ans, l'amusaient
prodigieusement à vingt. Même Madeline, qui avait
tant souffert autrefois de la répression, prenait
à présent tout cela fort tranquillement.

— Pensez-vous sérieusement, tante Rachel, que
je ne sois pas assez grand pour me conduire et que
votre surveillance soit utile pour m'empêcher de
faire des bêtises ?

Elle regarda Roland avec un tendre orgueil, que
pour rien au monde elle n'aurait voulu lui exprimer, car on se rappelle que déprécier la jeunesse
en face était un de ses principes ; et, en agissant
ainsi, elle avait fait beaucoup plus de mal et causé
bien plus de chagrin qu'elle ne s'en doutait.

— Mais certainement, reprit-elle d'un air pincé :
les jeunes gens sont comme des poulains échappés,
ils ont besoin de têtes plus vieilles et plus sages
pour les conduire. Qu'avez-vous fait tous deux
ce soir ?

— Nous avons causé en nous promenant au clair

de lune sous la véranda, répondit-il assez gravement ; mais il y avait sur sa figure une expression que son interlocutrice connaissait bien.

— Enfants, ce n'est pas tout, vous avez fait
quelque escapade avec la jeunesse d'en bas.

— Pas du tout, nous avons abordé des matières
très sérieuses.

Il se tourna vers Madeline, et ses yeux remplis
de malice rencontrèrent le joyeux regard de la
jeune fille.

— Faut-il le lui dire, Roland ? demanda-t-elle.
Peut être n'aurait-elle pas parlé ainsi si elle avait
pris le temps de réfléchir, mais elle suivait toujours sa première impression.

— Certainement, je n'ai aucune objection, il
n'y a rien là dont nous devions être honteux.

— Tante Rachel, dit Madeline, Roland Bell ici
présent m'a demandé ma main.

— Tais-toi, tais-toi, enfant, quelle bêtise !

— Tante Rachel, reprit Roland, Madeline a
été très coquette, et maintenant je ne suis plus
qu'un pauvre amoureux éconduit et inconsolable.

La vieille dame prit tout cela pour une plaisanterie ; n'étaient-ils pas encore enfants !

Mais elle trouva cette plaisanterie de très mauvais goût et la désapprouva hautement.

— Quand vous serez grands, mes enfants, il sera temps de parler de cela, et alors vous verrez l'inconvenance de traiter légèrement un pareil sujet.

— Mais Roland a vingt ans et moi dix-neuf ; quand donc serons-nous grands ? s'écria Madeline de sa voix la plus joyeuse.

Vingt ans sont une bagatelle pour une femme qui a dépassé la soixantaine.

— Quand vous aurez mon âge, vous verrez que le vôtre est encore l'enfance.

— Mais, répondit Roland plus sérieusement, quelque vieux que je sois, je saurai toujours que je ne plaisantais pas ce soir.

— Allons, Roland et Madeline, assez de bêtises comme cela, il faut que les caisses soient finies ce soir, puisque nous partons demain de grand matin.

C'est ainsi que tante Rachel changea de sujet. Mais, alors et depuis, elle ne crut jamais qu'il se fût passé quelque chose de sérieux entre les jeunes gens.

Tandis que Madeline finissait d'emballer sous la minutieuse direction de sa tante, Roland, debout près de la fenêtre, regardait la mer éclairée par la lumière blafarde de la lune ; il lui sembla revoir l'homme qu'il avait rencontré au tournant de la route dans l'après-midi de ce même jour, et, chose étrange, cette figure qui l'avait frappé, il croyait l'avoir déjà vue, mais où et quand ? Il ne se le rappelait pas ; il chercha dans ses souvenirs, et rien ne vint éclaircir ses doutes ; enfin il se consola en se disant que, s'il avait déjà rencontré ce visage qui lui semblait familier, c'était évidemment dans une précédente existence ; puis il se mit à fredonner. En l'observant ce soir-là, on n'aurait jamais soupçonné que c'était un prétendant refusé. Oh ! pas le moins du monde, et il n'éprouvait pas non plus le chagrin qu'un homme ressent en pareil cas.

CHAPITRE VII

Une année s'était écoulée, et toutes choses avaient suivi leur paisible cours dans la maison de M. Earle. Roland et Madeline n'avaient jamais repris le sujet traité le dernier soir de leur séjour à Rhode-Island, mais le jeune homme se considérait comme engagé et il croyait fermement que le jour viendrait de réitérer son offre. Quant à présent, tout se passait fort bien ; les deux amis avaient repris leur ancienne vie, ils lisaient et montaient à cheval, se promenaient, à pied ou en voiture, plaisantaient ou causaient sérieusement tout comme autrefois. Rien n'était donc changé, si ce n'est que chacun avait un an de plus, et, sans qu'on s'en rende compte, c'est quelque chose.

C'était par une belle matinée de juin, il y avait juste un an que tante Rachel et les deux « enfants » étaient partis pour le bord de la mer, et en sautant dans son canot, Roland se demanda si Madeline, qui avait la mémoire des anniversaires, se souviendrait de celui-là.

Il y avait une heure environ que le jeune homme ramait, et jouissait profondément de cette belle matinée ; tout était calme et tranquille, une légère brise apportait avec elle des parfums de foin coupé, les oiseaux chantaient gaiement, les prairies étaient émaillées de fleurs, tout était beau et frais, et Roland aimait tant la nature ! Il se disait que ce n'était pas vivre que d'être enfermé dans les villes ; pour lui il ne pourrait supporter une pareille existence, il lui fallait le grand air, les courses sans fin, la liberté. Puis il se prit à regretter de n'avoir pas Madeline ; avec lui comme elle aurait joui de cette promenade ! Il lui semblait l'entendre s'écrier avec son enthousiasme juvénile : Ah ! Roland, comme le monde est beau et qu'il fait bon vivre, après tout.

Tout à coup il arrêta son canot et écouta attentivement ; il lui semblait avoir entendu dans le lointain un cri humain, un cri de détresse, d'horreur.

Roland se trouvait alors à dix milles en amont
de Bayberry, il y était depuis trois jours pour surveiller les travaux entrepris par une compagnie
industrielle de New-York afin d'utiliser le cours
d'eau.

Un autre cri plus faible retentit, apporté par la
brise. Si Roland n'avait pas eu l'ouïe fine d'un
Indien et s'il n'avait pas prêté toute son attention,
il n'aurait pas entendu ; il se trouvait alors dans
une courbe de la rivière, qui à cet endroit était res-
serrée entre des bords élevés surplombant au-dessus de l'eau ; de chaque côté les arbres se rejoi-
gnaient et formaient un berceau qui rendait ce
lieu frais et ombragé. En entendant ce second cri,
Roland se courba sur ses rames, et son canot s'é-
lança du côté d'où il venait. La rivière s'élargissait
sensiblement, mais les deux rives étaient toujours
très élevées et creusées à la base. Une fois sorti
de la courbe, le jeune homme tourna la tête dans
la direction des appels, et à environ un demi-mille
il aperçut quelque chose. Cela flottait-il ou bien
était-ce accroché à la rive ? Était-ce un être humain dont on ne voyait que la tête et les épaules ?

Ces questions se pressèrent en foule dans l'esprit du jeune homme, pendant qu'il faisait voler
son canot sur l'eau profonde. C'était un rameur de

premier ordre ; du reste, il excellait dans tous les exercices du corps. Il ramait, ramait toujours vigoureusement, les dents serrées, les nerfs tendus, de grosses gouttes de sueur roulant de son front tombaient sur ses genoux; plus il approchait, plus il discernait clairement l'objet flottant. C'était une femme qui se tenait suspendue à la rive.

— Mon Dieu ! pourra-t-elle se soutenir jusqu'à ce que j'arrive, pensa Roland.

— Un cri sembla lui répondre ; cette fois on l'entendit distinctement, c'était bien le cri d'une âme en péril de mort. Un long frisson parcourut Roland des pieds à la tête, il pâlit, sa respiration devint saccadée, ses muscles se tendirent tellement sur ses bras et ses mains, qu'ils étaient comme de grosses cordes. Mais, la tête toujours tournée vers son but, il ne pensait qu'à une chose :

— Arriverai-je à temps ?

Il approchait pourtant; il voyait un chapeau garni d'une plume grise, et les épaules et les bras étaient couverts d'un vêtement également gris, c'était une jeune fille dont la vie dépendait de sa promptitude. Mais il ne pouvait pas voir à quelle fragile liane elle était suspendue ! Pourrait-elle se maintenir, ou tomberait-elle devant ses yeux.

— Mon Dieu, mon Dieu, que j'arrive à temps. Telle était la prière qu'il faisait mentalement. Encore un cri ! mais dans cet appel désespéré on sentait que les forces s'en allaient, et que tout espoir était abandonné.

Cette fois il était assez près pour répondre et il réunit toutes ses forces pour crier :

— Courage ! tenez bon ; votre vie en dépend ; courage ! j'arrive !

Le canot fendait l'eau avec la rapidité de l'éclair et approchait vivement. La jeune fille devait entendre maintenant le bruit des rames ; elle était accrochée à de vieilles racines d'arbres mises à découvert par les crues d'eau qui avaient emporté la terre, et avaient élargi le lit de la rivière en creusant les rives par-dessous ; à cet endroit l'eau avait une profondeur d'environ trente pieds, et les terres du côté où était suspendue la jeune fille surplombaient d'une égale hauteur. Les pluies du printemps avaient détrempé le sol, et en certaines places il eût été dangereux de s'y aventurer ; mais lorsqu'on était au sommet de cette colline qui dominait à pic la rivière, on ne pouvait se douter du danger, car les broussailles, les fleurs et l'herbe croissaient jusqu'au bord. Roland connaissait cet endroit et il comprit ce qui était arrivé ; la jeune

fille était tombée d'en haut par suite d'un éboule-
ment, et dans sa chute elle avait saisi les racines.

Roland approchait, il était temps ; le courant
cherchait à emporter la jeune fille, dont les mains,
froides et crispées, étaient à toute minute sur le
point de lâcher prise. Elle n'avait plus la force ni
de remuer ni de crier, et du reste ce n'était plus
utile ; elle savait maintenant que le secours arrivait aussi vite que possible, pourvu que Dieu permît
qu'elle pût se maintenir jusque-là ! Elle entendait
le bruit des rames, mais il lui semblait que l'attente était longue, très longue ! les secondes
étaient des heures. Elle se résigna presque à mourir. La terre n'avait eu que des joies pour elle,
mais elle savait qu'au ciel c'est encore plus beau.
Si seulement elle avait pu y arriver sans mourir,
sans être noyée !

Elle essaya de ne pas trop s'effrayer, de mettre
sa confiance en Dieu, qui n'abandonne pas ses
enfants dans le besoin.

Enfin elle entendit près d'elle une respiration
haletante, il y eut comme un remous dans l'eau,
puis deux bras lui entourèrent la taille, elle sentit
qu'elle était sortie de l'eau et posée dans un bateau, puis plus rien.

Roland soutenait cette jolie tête si pâle sur son

épaule comme si c'eût été un petit enfant ; il l'a-
vait arrachée à une mort certaine, et maintenant
il lui semblait que son bras devenait faible, que
son courage l'abandonnait ; sa vue se troubla et de
grosses larmes roulèrent sur ses joues. Personne
ne devait jamais savoir les angoisses qu'il avait
traversées pendant ces minutes qui lui avaient
semblé des siècles. La réaction avait lieu maintenant et il était secoué par des sanglots convulsifs.

La jeune fille remua.

— Est-ce toi, Guy ? murmura-t-elle d'une voix
faible.

— Oui, répondit Roland, ne sachant ni ce
qu'elle demandait, ni ce qu'elle disait.

Au son de cette voix étrangère, elle ouvrit les
yeux et contempla la figure ouverte et bonne, qui
se penchait sur elle, couverte de larmes mais ex-
primant une joie profonde. Elle était trop faible
pour remuer et laissa retomber sa tête sur l'épaule
de son sauveteur en disant d'un ton fatigué.

— C'est vous qui m'avez sauvée, n'est-ce pas ?

— Oui, ma pauvre chère enfant, Dieu en soit
béni !

Elle semblait si jeune, si pure, qu'il la prenait
vraiment pour une petite fille.

— Menez-moi à la maison, près — près de

Guy et de l'oncle Donald, dit-elle avec effort. Puis
le froid et la faiblesse la reprirent et elle ferma
les yeux.

Ces noms ne disaient rien à Roland, et pour lui
la maison était Bayberry chez les Earle. S'il pouvait seulement remettre cette jeune fille entre les
mains de tante Rachel et de Madeline ! Mais il y
avait dix milles à faire et il eût été dangereux de
la laisser si longtemps dans ses vêtements mouil-
lés, il y avait de quoi la tuer ! A ce moment il se
souvint qu'un des domestiques de M. Earle
s'était marié dernièrement et était venu habiter
une petite maison sur le bord de la rivière à environ quatre milles. Il savait que sa femme, qui
venait travailler chez M. Earle dans les moments
de grande presse et de récolte, était bonne et
intelligente.

Tout énervé qu'il était, Roland rappela à lui son
courage ; il sentait qu'il avait besoin de tout son
calme, de toute sa présence d'esprit.

Il étendit doucement la jeune fille dans le fond
de la barque, saisit de nouveau ses rames et se mit
en devoir de franchir le plus vite possible les
quatre milles qui le séparaient de la demeure de
ces gens.

Ce matin-là Guy et Lina Duncan étaient partis

vous deux afin de faire une promenade solitaire : ils résidaient en ce moment au principal hôtel de Wood-Coppice, où ils avaient accompagné quelques familles amies de New-York qui avaient décidé de venir en bande passer quinze jours dans cette ravissante partie de l'État de New-York.

Guy avait souvent entendu parler de Wood-Coppice par des amis de collège. M. Duncan devant aller faire un voyage d'affaires au lac Supérieur, Lina avait instamment demandé la permission de l'accompagner, pendant que Guy se joindrait à ses camarades et à leurs parents ; mais l'oncle Donald avait trouvé que la vie de sa nièce serait très monotone, puisqu'il serait la plus grande partie du temps occupé d'affaires ; il avait donc décidé que Guy et Lina iraient à Wood-Coppice avec leurs amis et que ce serait bien plus agréable pour Lina d'avoir la compagnie de jeunes filles de son âge plutôt que celle de son vieil oncle : c'était la première fois que M. Duncan les laissait ainsi aller tous deux sans lui.

— Mais si vous ne savez pas vous conduire à votre âge, vous ne le saurez jamais, dit l'oncle, en recommandant au jeune homme de veiller au bien-être de Lina.

Le frère et la sœur étaient donc venus à Wood-

Coppice et tout s'était admirablement passé, les promenades et les parties se succédaient, quand ce matin-là, comme nous l'avons dit, Guy et Lina étaient sortis pour errer dans le pays tous deux seuls ; c'était la première fois que cela leur arrivait depuis qu'ils étaient là. Il y avait une demi-heure environ qu'ils avaient quitté l'hôtel, lorsqu'ils furent rejoints par plusieurs des camarades de Guy qui allaient se baigner ; ils s'arrêtèrent pour causer avec lui et sa « jolie sœur », comme ils nommaient Lina entre eux, puis ils reprirent leur route. Guy les regarda un moment.

— Un temps magnifique pour se baigner, dit-il. Puis il ajouta avec un petit rire : Les filles sont sans aucun doute une grande bénédiction.

Il n'y avait pas, semblait-il, de rapport entre ces deux idées, mais Lina comprit immédiatement la pensée qui reliait ces deux membres de phrase, et répondit :

— Mais elles sont quelquefois bien gênantes quand elles vous empêchent de faire ce que vous désirez. Je comprends ce que tu voudrais, Guy.

— Quoi donc ? demanda celui-ci en continuant d'enlever les feuilles à une branche de bouleau qu'il venait de couper.

— Tu voudrais aller te baigner avec ces mes-

sieurs, et quoique en général je puisse être considérée comme une grande bénédiction, dans ce cas
particulier je suis une affreuse scie.

Guy se mit à rire et dit :

— Je suppose que c'est le prix que nous devons
payer pour avoir la bénédiction en général : il faut
en prendre son parti.

— Eh bien ! laissons de côté la bénédiction en
général ; pour cette fois, je ne veux pas que tu
payes. Tu vas aller te baigner.

— Et qu'est-ce que tu vas devenir pendant ce
temps ?

— Oh ! je ne m'ennuierai pas ; les oiseaux, les
fleurs, la nature me tiendra compagnie jusqu'à
ce que tu me rejoignes.

— Tout cela est très généreux de ta part, ma
petite chérie. Mais je ne suis pas un rustre, et je
le deviendrais si je m'en allais en te laissant
ainsi.

— Mais pas du tout ; allons, mon bon Guy, pour
me faire plaisir, vas-y ; ne me traite pas comme un
bébé, je parle sérieusement ; je ne serai satisfaite
que lorsque tu auras pris ton bain.

La jeune fille pria si bien que Guy céda. En
la quittant, il lui promit d'être de retour avant
trois quarts d'heure ; il devait la retrouver sur le

chemin de la colline où ils se séparèrent. Puis il
s'en alla en sifflant ; il éprouvait le besoin de se
plonger dans l'eau et de faire une bonne partie de
natation.

Lina erra de droite et de gauche, elle jouissait
profondément de la beauté calme et sereine de
cette matinée de juin ; après s'être promenée
assez longtemps sur la route, elle la quitta pour
grimper sur la petite colline afin de mieux voir
le paysage se dérouler à ses pieds, Guy devait iné-
vitablement l'apercevoir de la route.

Elle s'approcha de l'extrême bord du champ où
elle se trouvait, pour mieux voir la rivière qui
coulait au-dessous, croyant qu'elle se trouvait sur
de solides rochers, quand au contraire il n'y avait
qu'une mince épaisseur de terre détrempée, qui
surplombait sur la rivière. Elle se penchait pour
cueillir une fleur, quand tout à coup elle sentit la
terre lui manquer et elle fut entraînée dans la
rivière. Instinctivement elle s'accrocha aux racines
que sa main rencontra et elle s'y soutint tout en
jetant des cris perçants ; il lui semblait que l'attente avait duré des heures, et cependant il n'avait
pas dû s'écouler beaucoup de minutes avant que
Roland l'eût arrachée à une mort affreuse.

Quatre heures après le moment où Guy avait

quitté sa sœur, il revint à l'hôtel, fatigué, échauffé, et de très mauvaise humeur, lui qui était toujours si gai, — il est vrai de dire qu'il avait rarement eu des contrariétés.

Il avait cherché Lina pendant des heures et avait fait plusieurs milles sans pouvoir la trouver ; enfin, de guerre lasse, il revenait à l'hôtel, persuadé qu'elle serait la première personne qu'il apercevrait, et bien résolu à lui dire en particulier sa façon de penser sur une pareille plaisanterie.

Aussi, grand fut le désappointement du jeune homme en apprenant que sa sœur n'était pas rentrée ; il devint inquiet, tout en se disant que rien de fâcheux n'avait pu lui arriver. Elle était trop raisonnable pour s'éloigner assez et se perdre, et ce n'était pas un pays où les brigands enlèvent les jeunes filles sur les grandes routes et les gardent dans des cavernes jusqu'à ce qu'on paye leur rançon.

Mais l'après-midi s'avançait et Guy sentit son inquiétude grandir de plus en plus. Dix fois il alla à sa recherche, puis revint, croyant, espérant toujours la trouver rentrée.

Tout le monde à l'hôtel partageait son anxiété, et de plusieurs côtés on alla à la découverte.

Enfin, tard dans l'après-midi, un paysan, fort et solidement bâti, conduisant vivement une sorte de carriole, s'arrêta soudain à la porte de l'hôtel, et, sans descendre de son siège, demanda si un jeune homme portant le nom de Duncan était là, et tout en parlant il tendait un morceau de papier sur lequel une main masculine avait écrit bien clairement : Guy Duncan.

Quelqu'un s'empressa d'appeler Guy, qui venait de rentrer désespéré. Toutes sortes d'affreuses suppositions lui venaient à l'esprit ; il se reprochait amèrement d'avoir été assez stupidement égoïste pour laisser ainsi sa sœur pendant qu'il allait s'amuser suivant son caprice ; il lui semblait avoir vécu des mois depuis une heure.

En s'entendant appeler, il se précipita au dehors.

— Je suis Guy Duncan, dit-il, savez-vous quelque chose de ma sœur ?

Personne ne l'avait jamais vu aussi pâle qu'au moment où il faisait cette question.

Le fermier répondit d'une façon quelque peu confuse que, trois heures auparavant, un jeune homme avait apporté chez lui, à huit milles en amont de la rivière, une jeune dame qu'il avait retirée de l'eau. D'abord elle était tout à fait insensible, mais à force de soins et d'efforts on l'avait fait revenir.

Elle avait alors demandé son frère et indiqué où on le trouverait. Le monsieur qui avait apporté la jeune femme avait écrit sous sa dictée le nom sur le papier.

Tel était en résumé le récit du paysan ; avant qu'il eût fini, Guy était déjà à côté de lui. Huit milles à faire avec un cheval fatigué, c'est long quand, comme Guy, on est dévoré d'inquiétudes. Enfin, après une heure et demie, le véhicule s'arrêta devant une petite maison basse toute tapissée de rosiers en fleurs.

— Nous voilà arrivés, dit le fermier d'un air de soulagement en jetant un regard compatissant sur son cheval couvert d'écume.

En un clin d'œil, Guy fut sur le seuil de la maison ; il entendit des voix dans une chambre à droite, poussa vivement la porte et appela :

— Lina ! Lina !

Il aperçut un homme et une femme debout près du lit sur lequel était étendue toute pâle celle dont la vie lui était plus chère que la sienne propre. Elle lui tendit les bras avec un cri de joie, puis les referma sur son cou en l'embrassant passionnément.

— Guy, sais-tu, j'ai vu la mort de bien près ; je vous avais dit adieu, à toi et à l'oncle Donald, jusqu'à ce que nous nous retrouvions dans le ciel, murmura Lina.

Les deux étrangers se retirèrent doucement et laissèrent seuls le frère et la sœur.

Une heure plus tard, Guy et Roland se rencontrèrent dans la salle où ce dernier était d'abord entré portant dans ses bras Lina, dont les vêtements trempés dégouttaient de tous côtés et laissaient la trace de son passage.

Guy savait maintenant ce qu'il devait à Roland, il avait appris des pâles lèvres de sa sœur ce que le jeune homme avait fait pour elle. Il pensa à ce qu'aurait pu être pour lui la fin de cette journée ! Comme sa vie, à lui, aurait été brisée ! Il songea aussi au désespoir de l'oncle Donald, si la volonté, la force, le cœur de Roland l'avaient abandonné pendant le trajet qu'il lui avait fallu parcourir pour sauver Lina.

Guy prit la main de Roland et la pressa avec force, il était profondément ému, mais les mots ne venaient pas.

Ce fut Roland qui commença :

— Ne me remerciez pas, dit-il, je le préfère. Ce n'est pas tous les jours qu'un homme a la chance

de faire une bonne action, et, Dieu soit béni ! je
suis arrivé à temps.

Guy regarda attentivement la franche figure et
l'expression virile de son interlocuteur, mais son
cœur était si plein que les mots lui faisaient défaut pour exprimer ce qu'il ressentait ; il serra encore une fois la main de Roland et sortit. Les deux
jeunes gens s'étaient compris.

Pauvre Lina ! elle eut une mauvaise nuit ; son
frère et la maîtresse de la maison, pleine de sympathie pour cette charmante enfant qui était arrivée sous son toit d'une façon si étrange, veillèrent
alternativement. Elle était agitée et fiévreuse ; si
par hasard elle sommeillait un peu, elle se réveil-
lait en sursaut ; elle était hantée par d'affreux cau-
chemars, et c'était à grand'peine qu'on arrivait à
la calmer.

Le premier soin de Roland, aussitôt qu'il avait
vu Lina revenir à elle, avait été d'envoyer chercher un médecin, qui avait prescrit une potion cal-
mante ; puis, rien ne le retenant plus, il avait repris son canot et par le clair de lune se dirigeait
maintenant vers Bayberry. Il éprouvait le besoin de
passer la nuit sous le toit hospitalier qui avait
abrité son enfance.

Tout le système nerveux du jeune homme avait

été vivement ébranlé. Le souvenir de ce demi-mille franchi comme par miracle en quelques minutes, le violent effort qu'il avait dû faire pour arriver au but, c'est-à-dire pour sauver un être humain, tout cela lui semblait un songe. Il avait besoin, ne fût-ce que pour quelques heures, de se retrouver chez lui au milieu du calme et de la paix. Il lui semblait alors que tout son être se détendrait et reprendrait son assiette, tandis que son cœur serait réconforté, réchauffé.

Aussi ce fut avec une expression satisfaite, quoique très fatiguée, qu'il entra dans la bibliothèque au moment où M. Earle et tante Rachel se disposaient à se retirer pour la nuit.

— Je viens me faire choyer et dorloter, dit-il en entrant.

— Qu'y a-t-il, enfant? demandèrent deux voix anxieuses.

— Il est arrivé quelque chose....... Il s'arrêta et sembla chercher quelqu'un dans la pièce.

— Madeline n'est pas ici, dit vivement tante Rachel; notre cousine Bissel l'a envoyé chercher pour passer deux ou trois jours.

— Mais qu'y a-t-il ? Vous êtes très pâle, Roland.

Il leur raconta alors l'emploi de sa journée, puis, tous très émus, ils se séparèrent.

Le lendemain matin, lorsque le docteur vint voir Lina Duncan, sa physionomie devint soucieuse ; la nuit n'avait pas été aussi calme qu'il l'espérait. La jeune fille avait les yeux très battus et dans le regard quelque chose d'égaré, qui n'était pas de bon augure.

Guy semblait vieilli depuis la veille ; il désirait vivement ramener sa sœur à l'hôtel de Wood-Coppice, car, quoique leurs hôtes fussent très obligeants, cette petite maison n'était pas un lieu convenable pour une malade habituée à toutes les délicatesses d'une vie luxueuse.

Mais le docteur déclara qu'il ne répondait de rien, si on reportait Lina dans un milieu aussi bruyant. La tranquillité et le repos étaient les conditions indispensables au rétablissement de sa malade. Il partit en laissant de nouvelles prescriptions et en promettant de revenir quelques heures plus tard. Au moment où il se préparait à monter en voiture, il aperçut M. Earle et Roland qui arrivaient ; ceux-ci s'empressèrent de s'informer de l'état de Lina.

Le docteur, qui avait dissimulé ses inquiétudes à Guy, avoua alors franchement ses craintes ; il pouvait se déclarer une fièvre cérébrale, et le regard égaré de Lina semblait l'annoncer. Elle avait besoin de soins intelligents et de calme, et cette petite maison basse et chaude, quoique préférable au bruyant hôtel, n'était pas un lieu convenable pour elle.

Les trois hommes continuèrent à causer un instant, puis tout à coup la figure du docteur s'éclaircit et il s'écria :

— Ce sera parfait, votre maison est si calme et si fraîche et votre chariot est très doux. Puis il y eut des poignées de main échangées et le médecin s'en alla.

Un instant après, Roland, suivi de son compagnon à cheveux blancs, fut introduit dans la chambre où Lina se trouvait appuyée sur des oreillers, la main dans la main de son frère ; elle était très pâle, très affaissée et son expression devenait inquiète chaque fois que Guy semblait faire un mouvement pour la quitter.

— Mon enfant, dit M. Earle de sa voix paternelle ; je viens vous chercher pour vous emmener à la maison.

Puis vinrent des présentations, des explications ; Guy hésitait à accepter cette hospitalité patriarcale, si simplement offerte ; quant à Lina, elle était trop faible pour avoir une volonté, mais Roland intervint et il fut décidé qu'on transporterait Lina à Bayberry.

Vers cinq heures, lorsque la chaleur fut moins intense, on vit le chariot de M. Earle s'arrêter à la porte de la petite maison ; Guy sortit emportant Lina dans ses bras et la posa doucement dans la voiture, où un matelas et des oreillers avaient été disposés pour elle. Roland conduisait ; le trajet à faire n'était pas très long, cependant ils ne devaient pas prendre le plus court chemin, car il aurait fallu longer la rivière pendant un certain temps, et l'on avait craint que cette vue n'eût un mauvais effet sur la jeune fille dont les nerfs étaient déjà si ébranlés.

— Nous allons chez nous, dit Roland en prenant les rênes, ce ne sera pas bien long.

Un faible sourire vint sur les lèvres de la jeune fille.

— C'est le meilleur endroit où aller, répondit-elle d'une voix faible, en pensant à son foyer si éloigné, hélas ! et à l'oncle Donald.

Y retournerait-elle jamais ? Il lui semblait que tout cela était bien loin, et qu'elle avait vécu longtemps, bien longtemps, depuis qu'elle avait quitté la maison. Cependant Guy était là, ce n'était pas un songe ; seulement sa voix lui sembla plus tendre qu'à l'ordinaire quand il lui demanda :

— Es-tu bien ? es-tu confortablement, ma chérie.

Le fermier et sa femme lui souhaitèrent bon voyage ; l'été ne devait pas s'écouler sans qu'ils apprissent que le moment où Lina était arrivée sous leur toit avait été pour eux une source de prospérité.

Deux heures plus tard, la voiture s'arrêta devant la maison de M. Earle. Le vieillard, debout sur le seuil de la porte, attendait les voyageurs pour leur souhaiter la bienvenue sous son toit ; près de lui se tenait tante Rachel. On porta Lina dans la chambre préparée à son intention.

C'était une grande pièce fraîche et bien aérée, dont les fenêtres s'ouvraient sur une pelouse au milieu de laquelle s'élevait un arbre énorme appelé Butternut, et dont les branches innombrables abritaient tout un monde d'oiseaux, de rouges-gorges, d'orioles, etc. ; l'ameublement était simple et confortable, un sofa d'un côté, un immense fauteuil de l'autre offraient aux visiteurs de commodes sièges de repos ; le lit, d'une blancheur immaculée, donnait envie de s'y étendre.

— Oh Guy ! dit Lina en reprenant de l'animation, cela me rappelle la maison, il va me sembler que je suis chez nous.

— Il ne faut pas qu'il vous semble, il faut que vous vous sentiez chez vous, dit vivement tante

Rachel, dont le bon cœur avait été saisi d'horreur à l'ouïe du récit de Roland.

Ce fut ainsi que les Duncan se trouvèrent installés à Bayberry.

Lina fut encore assez agitée une partie de la nuit, mais vers le matin elle s'endormit tranquillement et ne fut tourmentée par aucun rêve. Le lendemain matin, lorsque le docteur redescendit de sa visite, il se frottait les mains d'un air de satisfaction.

— Vous avez trouvé le bon moyen pour cette enfant, M. Earle, dit-il; ce sera long peut-être, mais cependant j'espère qu'elle ne tardera pas trop à prendre l'air sous vos bois.

Deux jours plus tard, Guy rentrait sous la véranda; depuis le matin il s'était absenté pour chercher leurs caisses à Wood-Coppice, et là il avait été assiégé de questions auxquelles il s'était trouvé forcé de répondre fort en détail; il avait eu aussi à recevoir l'expression de la sympathie de tous leurs amis. Enfin il était revenu, et au moment où il traversait la véranda et entrait dans le vestibule, une jeune fille sortit de la bibliothèque et vint au-devant de lui.

Elle était vêtue d'une simple robe blanche, et son apparence était, pensa-t-il, très remarquable; sa physionomie avait une expression qu'il n'avait ja-

mais vue à personne. Guy avait souvent rencontré
de jolies jeunes filles, mais aucune ne pouvait être
comparée à celle qui se tenait devant lui. Il resta en
contemplation devant ce charmant ensemble des
grâces féminines, ces beaux yeux bruns, ce front
si pur et un peu pensif, cette bouche grande, mais
bien coupée, à l'expression très fine et sur laquelle
se jouait un sourire vraiment enfantin quand elle
s'avança au-devant de lui en disant simplement :

— Je suis Madeline Earle.

Guy n'avait pas passé deux jours à Bayberry
sans entendre bien souvent prononcer le nom de
la fille de la maison ; il revenait à tout instant sur
les lèvres du père, de tante Rachel, de Roland ;
mais le jeune homme avait été tellement absorbé
par la pensée de sa sœur, que ce nom n'avait éveillé
nulle curiosité dans son esprit.

Aucune jeune fille parmi les connaissances de
Guy n'eût eu l'idée de se présenter d'une façon
aussi simple et aussi dépourvue de toute affectation.
Madeline avait agi comme elle le faisait étant enfant quand quelqu'un lui plaisait et qu'elle s'en approchait en tendant la main et en disant :

— Je m'appelle Madeline.

Elle était revenue de chez sa cousine dans la
matinée et avait eu le temps d'apprendre quelle

suite d'événements avait amené de nouveaux hôtes sous le toit de son père. Elle avait vu Lina et avait eu une longue causerie avec elle.

— Et moi, je suis Guy Duncan, répondit le jeune homme en lui tendant la main à la façon américaine, avec une expression gaie et franche sur sa jolie figure.

CHAPITRE VIII

Que de choses à raconter sur les deux semaines que Guy et sa sœur passèrent à Bayberry, où ils goûtèrent tant de confort et d'amabilité sous le toit hospitalier qui avait vu naître, fleurir et mourir cinq générations de la famille du Squire Earle.

Dès les premiers jours, Lina éprouva du mieux, puis ses joues reprirent peu à peu des couleurs, ses yeux perdirent l'expression de frayeur qu'y avait produite le cruel accident, et son rire si gai recouvra tout son charmant abandon. Mais tous ces progrès ne s'accomplirent que lentement, et quelques jours se passèrent avant que la jeune fille pût quitter sa chambre. Du reste cette pièce spacieuse était fort agréable : l'ombre des grands arbres qui l'entouraient y entretenait une fraîcheur précieuse en cette saison ; le grand jour tamisé à travers le feuillage prenait une teinte adoucie favorable aux nerfs ébranlés. Des oiseaux venaient chanter jusqu'auprès des fenêtres par lesquelles pénétraient les suaves parfums qu'exhalaient les roses et le chèvrefeuille qui les encadraient.

Chacun s'était empressé d'y réunir tout ce qu'il y avait de joli et de commode dans la maison. La chambre de Lina était devenue un véritable salon où se réunissaient tous les habitants de la maison, sauf dans les heures où le repos était nécessaire à la convalescente. En la voyant étendue sur une chaise longue, et souriant à ses visiteurs, on frémissait en pensant qu'il s'en était fallu de si peu que ses beaux yeux bleus et limpides fussent restés à jamais fermés.

Guy ne quittait presque pas sa sœur ; il souffrait dès qu'il en était éloigné. Quelques instants d'une cruelle angoisse lui avaient révélé ce que tant d'années passées dans l'insouciance et la gaieté ne lui avaient pas appris: la grandeur de son affection.

Roland et Madeline passaient bien des heures avec leurs jeunes hôtes ; la froide étiquette s'était naturellement trouvée bannie de leurs relations

par la façon même dont s'était faite leur connaissance, et toutes ces jeunes imaginations avaient
été profondément impressionnées par les circonstances périlleuses et romanesques auxquelles était
due la présence de Guy et de Lina.

Rien ne troublait le calme de l'existence. Wood-
Coppice, il est vrai, n'était qu'à vingt milles de
Bayberry, et le récit fait par Guy à l'hôtel avait
excité parmi la jeunesse un vif désir de connaître
le sauveteur de Lina ; mais le docteur avait for-
mellement interdit de recevoir des visites, et Guy
ayant répété cette défense à ses commensaux
dans l'intention, dit-il, de leur éviter une course
longue et inutile, il fallut bien se tenir pour
avertis.

Roland perdit ainsi l'occasion de se voir promu
par cette société à la dignité de héros aux yeux de
celle qu'il avait sauvée, car il ne vint de l'hôtel
que des billets de condoléances et de félicitations.
Peu de jours après, tout ce monde était dispersé.

Chaque instant voyait grandir l'affection
qu'éprouvaient l'une pour l'autre Lina et Madeline. Quant aux jeunes gens, la différence même
de leurs caractères semblait les rapprocher encore
plus.

Il était bien naturel que Roland Bell eût un

prestige particulier aux yeux de la jeune fille qu'il avait sauvée, et tout aussi naturel que ce doux et charmant visage qu'il avait retiré des eaux qui l'engloutissaient lui parût plus attrayant que tout autre. N'avait-il pas fait pour Lina des efforts désespérés et passé par les angoisses d'une véritable agonie ?

Le troisième jour, Madeline ayant été appelée au salon pour une visite, Roland était resté seul auprès de Lina.

— Je voudrais... Je voudrais vous dire... commença-t-elle d'une voix faible et timide.

Instantanément et sans la laisser achever, Roland fit un geste suppliant pour l'empêcher de continuer et s'écria :

— Ah ! je vous en prie, ma chère enfant, ne parlez pas de cela. Vous ne pourriez que me faire de la peine.

Lina ne se doutait pas combien il était évident pour les autres que toutes ses pensées et ses souvenirs n'avaient pour objet que cette heure, que ni lui ni elle ne pourraient jamais oublier.

— Pauvre Madeline ! poursuivit-il bientôt, elle aurait bien mieux aimé rester avec vous ; elle doit être joliment impatiente de voir repartir ces malencontreux visiteurs. Ils sont si ennuyeux !

— Oh ! c'est vraiment fâcheux ! Mais, monsieur Roland, que votre cousine est une personne étonnante !

Les yeux du jeune homme étincelèrent et il répondit :

— Personne ne le sait mieux que moi. Mais vous vous méprenez : Madeline Earle n'est pas ma cousine ; il n'y a même aucune parenté entre nous.

Elle leva sur lui des yeux où brillait une profonde surprise. Elle n'avait pas douté qu'ils ne fussent cousins du moment où elle avait su qu'ils n'étaient pas frère et sœur.

— Vous n'êtes pas cousins ! pas même parents ! Alors... — et elle s'arrêta brusquement, redoutant de s'aventurer sur un terrain délicat.

Je ne sais trop comment cela se fit, eux-mêmes n'auraient peut-être pas su le dire, mais Roland se mit bientôt à raconter sa première rencontre avec Madeline dans le sentier entre la prairie et le champ de blé. Jamais il n'avait fait ce récit à personne, et à mesure qu'il parlait il voyait se retracer à son esprit cette scène dont il ne dissimula aucun détail à la jeune fille distinguée et bien élevée qui l'écoutait avec une si sympathique attention, que bientôt les beaux yeux qu'elle n'avait pu détacher de lui se remplirent de larmes.

— Il me semble qu'il ne peut pas y avoir au
monde un homme qui soit aussi redevable à une
femme que je le suis à Madeline, dit Roland un
instant après avoir terminé son récit.

— Combien elle doit vous être chère ! répondit
Lina, pour qui Roland était bien plus qu'un héros
et Madeline beaucoup mieux qu'une « personne
étonnante ».

— Oh oui ! on nous prend généralement pour
frère et sœur, mais nous sommes plus que cela ; il
y avait dans ces paroles de Roland une équi-
voque dont il ne se doutait pas.

— Veut-il me faire comprendre qu'ils s'aiment ?
se demanda Lina.

Guy, ayant achevé sa correspondance pour l'oncle
Donald, rentra en ce moment et donna un autre
tour à la conversation, qui devint plus gaie. Mais
quand le soir Guy revint demander à sa sœur un
dernier baiser et lui souhaiter une bonne nuit,
elle lui répéta l'entretien qu'elle avait eu dans
l'après-midi avec Roland. Guy l'écouta avec le plus
vif intérêt, et quand elle eut fini, il demeura immobile et silencieux, les yeux fixés sur la fenêtre par
où le clair de lune perçait à travers le feuillage
pour former sur le plancher un tapis mélangé

d'ombre et d'argent. A la fin une mignonne main
vint se poser sur la sienne.

— Eh bien ! Guy ?

— Et sorti des repaires de la misère, il s'est fait
ce que nous le voyons, un bon et brave garçon !
Devant un pareil résultat je rougis de moi-même.
Que suis-je, moi pour qui a été fait tout ce que
l'affection, l'argent et l'intelligence peuvent inspi-
rer et réaliser ? Quand je considère le profit que
j'ai retiré des vingt années que j'ai vécu, j'en ai
honte.

— Tu n'en as pas de motif, mon Guy. Tu es bien
le plus chérissable des jeunes gens. Je ne savais
pas combien je t'aimais jusqu'à...

La voix lui manqua, et Guy la sentit frissonner
en se pressant contre lui. Elle n'avait pas osé, depuis qu'ils étaient à Bayberry, faire la moindre
allusion au péril qu'elle avait couru. Guy, voyant
le trouble que ce seul souvenir produisait dans tout
son être, l'entoura de ses bras en disant :

— Il ne faut pas parler de cela maintenant, ma
bien-aimée.

— Je puis n'en pas parler, mais je ne puis
m'empêcher d'y penser, de me souvenir, et je veux
te dire une chose, mon Guy : c'est que, quand on a
vu la mort en face, rien, ni les gens ni les choses,

ne vous apparaît plus sous le même jour qu'auparavant. Je ne veux pas dire que tout soit moins charmant, moins agréable, non, mais tout est différent. Il semble que les portes de la mort s'étaient refermées derrière moi, que je t'avais laissé dans la vie ainsi que l'oncle Donald et que je pouvais penser à vous comme pensent les morts. J'ai plus appris et vécu en cet instant que dans toute ma vie précédente, et je ne pourrai plus jamais être la gaie et insouciante fille que j'étais, à présent que je suis revenue à vous et au monde.

— Ma pauvre petite fauvette, — dit, en la pressant dans ses bras, Guy dont la voix exprimait une ineffable affection, — quand tu auras repris des forces, toutes choses te paraîtront comme autrefois.

— Non, dit-elle avec douceur, mais avec une grande décision ; non, cela ne se peut et je ne le désire pas. Je ne serai pas moins heureuse, et l'oncle Donald et toi vous me serez plus chers à cause de cette heure pendant laquelle j'ai cru que Dieu allait me séparer de vous.

Sans parler, Guy l'étreignait toujours plus affectueusement.

— Mais, continua-t-elle, malgré ce que cette angoisse avait d'affreux, la crainte n'était pas mon seul sentiment, je crois qu'il y avait aussi un grand calme au fond de cette crainte. Je me suis rappelée que le ciel était bien près de moi et que l'immense amour de Dieu allait me recevoir au fond de cette froide tombe qui s'ouvrait pour moi dans les eaux profondes.

Ils furent longtemps avant de pouvoir ramener leur conversation sur les choses ordinaires de la vie, et Guy hésitait à quitter Lina.

— Quelle belle et antique demeure est celle-ci ! dit la jeune fille, et comme tous nos hôtes sont charmants ! Je ne supposais pas qu'il existât tant de simplicité, de franchise et de cordialité quelque part dans le monde. Il semble qu'ils vous laissent pénétrer jusqu'au fond de leur cœur ; quelle paix, quel calme, on se croit chez soi !

— Tu as bien raison, Lina. Je n'ai jamais vu leurs pareils. Ils sont tout à fait en dehors du monde ordinaire, ou du moins de tout ce que j'ai vu jusqu'ici.

— Je connais bien des jeunes filles, et dans le nombre je compte beaucoup d'amies, mais je n'en vois pas une qui puisse être comparée à Madeline. Quelle nature fraîche, originale, remarquable est la sienne ! Je ne puis te dire combien elle me paraît charmante et digne d'admiration. Elle n'a jamais pris de leçons qu'à Bayberry, et elle est dix fois plus cultivée que des jeunes filles qui ont eu les plus grands professeurs et qui ont parcouru l'Europe pour se perfectionner. Elle a beaucoup lu, et, à tout prendre, elle est aussi extraordinaire que séduisante.

— Je ne crois pas, dit Guy, qu'elle eût pu devenir ce que nous la voyons, ailleurs qu'à ce foyer où tout a un cachet de simplicité, d'élégance et de goût : elle me semble être une fleur rare et belle, nourrie de tout ce qu'on voit ici de noble et de beau. Combien elle est différente de toutes les jeunes filles ! Ne te paraît-il pas, ma chère Lina, que nous ayons abordé dans un port fantastique ?

La pendule sonnant onze heures vint rappeler Guy aux réalités de la vie ; il se leva précipitamment en s'écriant :

— Quel imbécile je suis de te faire rester levée si tard quand le docteur t'a positivement ordonné de te coucher tôt ! Mets-toi vite au lit.

Mais Guy devait rester longtemps éveillé, l'esprit rempli de tout ce que sa sœur lui avait dit.

Pendant les progrès de la convalescence de Lina, les quatre jeunes gens menèrent ce que Madeline appelait « la plus belle existence du monde ».

Ils mettaient à profit les brillantes matinées et les longues soirées pour visiter les alentours, qui abondaient en sites charmants : dans le bois voisin il y avait mille sentiers couverts de toits de verdure où l'ombre était délicieuse ; puis du sommet des collines on avait les plus ravissants points de vue ; et l'on suivait dans la vallée les plus jolis petits chemins qui serpentaient capricieusement.

Derrière la maison il y avait un grand et beau jardin rempli de fleurs, de bosquets de groseilliers, de cerisiers, de framboisiers couverts de leurs fruits rouges, et à côté un beau verger dont les grands pommiers étaient couverts de fleurs qui embaumaient l'air. Il y avait là un certain banc rustique qui semblait avoir un attrait particulier, car presque chaque jour on y revenait, tantôt pour y dire des folies, tantôt pour se livrer à de graves entretiens et, grâce à cette vie intime, au bout de quelques jours les jeunes gens se connaissaient beaucoup mieux qu'ils n'auraient pu le faire après des mois en d'autres circonstances.

Chacun offrait aux autres un sujet intéressant d'étude. L'atmosphère tranquille qui régnait dans la demeure de M. Earle recevait un nouveau

;harme par la présence des jeunes Duncan, dont
'éducation et l'instruction ne laissaient rien à dé-
;irer. Guy et Lina trouvaient dans leurs hôtes et
lans cette calme existence la grâce et le bien-être
que l'on prête à l'Arcadie.

Guy avait de longues causeries avec le grave
mais bienveillant M. Earle, qu'il regardait comme
le type parfait du gentleman avec quelque chose
du patriarche. Les observations spirituelles et les
expressions quelquefois très malignes de la tante
Rachel étaient une source continuelle de gaieté
pour ses jeunes auditeurs.

Mais la fille du Squire était à tout moment le
sujet de quelque étonnement pour Guy. Elle lui
paraissait une charmante énigme ; il était accou-
tumé aux types ordinaires des jeunes filles élevées
dans le sein des villes ; mais, avec sa franche simplicité, ses pensées originales, l'élévation de son
idéal en toutes choses, elle lui semblait sortir d'un
monde inconnu, tout différent de ce qu'il connaissait.

Elle était pleine de sincérité, de naturel, et il ne
voyait en elle aucune de ces petites affectations,
de ces petits artifices qu'on regarde souvent comme
l'essence de la jeunesse féminine et qui en général
ne lui déplaisaient pas. Il sentait que, sans y pré-

tendre, elle exerçait sur lui un véritable magnétisme, et cependant il n'avait aucune idée d'en être
épris.

Ce que Roland avait prédit à Madeline, le dernier soir de leur séjour à Rhode-Island, se réali-
sait en ce moment : elle maintenait au diapason le
plus élevé les pensées et les sentiments de ce
jeune homme. Cependant ce niveau ne lui était
pas habituel ; il y avait eu des époques où les jolies
et gracieuses demoiselles qui papillonnaient à
Wood-Coppice, lui auraient plu davantage.

Il ne savait pas encore se connaître et se juger,
et aurait pu être comparé à un fruit donnant les
plus belles espérances, mais qui n'était pas
parvenu à sa maturité. Son premier mouvement
était naturellement bon et noble ; il était généralement aimé ; ses inférieurs, les domestiques, l'a-
doraient. Il ne se bornait pas à être généreux
d'argent ou de louanges avec eux, il prenait souci
de leurs sentiments. Il savait se donner beaucoup
de peine pour faire une bonne action.

Mais, avec tant de grâces et de vertus, il aimait
à jouir d'une vie facile ; il ignorait ce que signi-
fient les mots de sacrifice, abnégation, et, quand
viendraient les jours d'épreuve, il pourrait bien
être pris au dépourvu.

Dans les promenades, il se trouvait toujours le cavalier de Madeline, tandis que Lina et Roland formaient un autre couple. La gaieté, la drôlerie, l'esprit étincelant de Madeline étaient contagieux.

Les jours étaient pleins de joie, d'une joie que les élégantes de Wood-Coppice n'auraient jamais pu concevoir, mais dont Guy et sa sœur jouissaient vivement.

Un jour il eut l'idée de faire un doigt de cour à Madeline ; il y avait dans ce projet-là un peu de sérieux, et beaucoup de curiosité de voir comment elle recevrait ses attentions. Rien ne lui était plus facile et il débuta un jour que, au retour d'une promenade, les quatre amis s'étaient assis sous la véranda.

— Quel éclat cette excursion a répandu sur vos joues, mademoiselle, dit Roland en attachant sur Lina des yeux qui, lorsqu'ils prenaient cette direction, exprimaient toujours la satisfaction et la bienveillance.

C'était l'instant que guettait Guy.

— Il y a une chose qui m'intrigue depuis plusieurs jours, dit-il gravement à Madeline.

— Qu'est-ce que c'est ? s'il n'y a pas d'indiscrétion toutefois, demanda-t-elle avec sa droiture habituelle.

— C'est de savoir quelle est la nuance précise
d'une paire de beaux yeux brunâtres, rayonnants;
du reste ce serait peine superflue que de vouloir
les dépeindre, mais je crois sincèrement qu'ils sont
les plus beaux que j'aie jamais vus.

Il n'y avait pas à se méprendre sur son intention,
mais Guy savait parfaitement quelle ignorance
aurait affectée n'importe quelle jeune fille de
sa société à qui il eût adressé de semblables
paroles. Madeline, dont les traits exprimaient
autant de plaisir que de surprise, se tourna vers
lui en disant :

— Est-ce que c'est sérieusement que vous dites
tout cela, M. Duncan ?

— Assurément, — et il accompagna ce mot d'un
regard auquel il donna une très aimable expression, — rien ne m'aurait obligé de vous dire cela de
vos yeux, mademoiselle Madeline.

— Je ne suis pas sûre de vous comprendre.

— Parce que vous deviez déjà savoir qu'ils sont
beaux.

— Oui, je le sais depuis un an ou deux; cependant j'ai toujours du plaisir et de la surprise à
entendre quelqu'un me le dire ; et elle fixa sur lui
un de ses regards si limpides.

— Bonté divine! quelle fille! pensa Guy en se baissant pour jouer avec les oreilles du chien; elle ne comprend pas plus la coquetterie qu'une hirondelle ou une fauvette.

La cloche invitait la famille à aller prendre place à l'un de ces merveilleux soupers que tante Rachel excellait à commander et qui étaient pour les jeunes étrangers, comme du reste bien d'autres choses à Bayberry, hors de toute comparaison.

Le reste de la soirée se passa en causeries où le récit de chaque incident de leur vie passée avait pour leurs amis de fraîche date le charme de la nouveauté.

Le Squire et sa sœur se réunissaient généralement à la jeunesse et prêtaient une oreille bienveillante ou apportaient un contingent intéressant à ces entretiens; la conversation revenait souvent sur l'oncle Donald : c'était pour Guy et Lina le sujet le plus intéressant.

— Il n'a pas son pareil au monde, disait Lina. et Guy se joignait à elle pour citer tous les traits d'esprit ou de bonté qui pouvaient faire admirer sous toutes ses faces le mérite de leur oncle; aussi Roland et Madeline l'aimaient-ils de plus en plus et désiraient-ils vivement le connaître.

Un soir, en rappelant les souvenirs et les dates de l'été précédent, les jeunes gens constatèrent qu'ils avaient dû séjourner à la même époque sur la côte de Rhode-Island.

— C'est incroyable, disait Guy, que nous ne nous soyons jamais rencontrés nulle part.

— Il y avait tant de monde que probablement, quand cela est arrivé, nous ne nous en serons pas aperçus, reprit Madeline.

Guy pensa qu'il aurait certainement gardé le souvenir d'une figure comme celle de Madeline, s'il l'avait vue à Rhode-Island, mais il ne le lui dit pas.

A quoi servirait d'adresser des compliments à une personne qui les recevait comme elle!

Dans cette même soirée se décida une question qui pesait péniblement sur l'esprit du frère et de la sœur. Leur oncle n'avait pas eu la moindre révélation de l'accident de Lina; et il croyait toujours ses neveux à Wood-Coppice, passant gaiement le temps avec leurs amis.

Lina avait manifesté son intention formelle qu'il ne l'apprît que d'elle-même, et, se bornant à lui envoyer des messages gais et affectueux par l'intermédiaire de son frère, elle avait de jour en jour différé de lui faire cette communication.

Ce soir-là donc elle dit de sa voix douce et claire, mais qui savait au besoin exprimer la décision :

— J'ai pris ma résolution, Guy ; je n'écrirai pas à l'oncle Donald un mot de ce qui s'est passé. Un soir, quand nous serons rentrés à la maison, et que nous serons réunis dans le salon, j'irai m'asseoir sur ses genoux, je lui passerai le bras autour du cou, et quand il ne pourra pas douter que je suis saine et sauve, je lui dirai toute l'histoire ; comme cela il aura une émotion moins pénible.

Guy réfléchit un instant.

— Je crois que tu as raison, ma sœur ; vraiment tu sais toujours découvrir la meilleure manière de faire les choses.

Ainsi se passa cette quinzaine dont chaque instant devait graver de délicieux et ineffaçables souvenirs dans la mémoire de nos quatre amis. M. Donald était en route pour revenir et il avait fixé le moment où Guy et Lina devaient arriver. Le dernier de ces heureux jours était venu : Lina voulut retourner dans tous les lieux qui l'avaient le plus charmée. A voir le frais incarnat de ses joues que le grand air avait un peu hâlées, on n'aurait jamais deviné en elle la malade pâle et défaite qui, il y avait juste deux semaines, avait été transportée à Bayberry.

— Et il faut quitter un si beau séjour ! dit-elle avec un ton de regret en revenant s'asseoir sur le banc du verger.

— Mais, dit Roland avec son aimable sourire, il ne sera pas moins beau pour y revenir.

Les deux jeunes filles avaient eu de fréquents tête-à-tête pendant que Roland et Guy allaient pêcher ou faire de trop longues excursions, et Roland avait été peut-être le sujet qui revenait le plus souvent dans ces entretiens. Les louanges enthousiastes avec lesquelles Madeline parlait de lui n'étaient pas faites pour diminuer aux yeux de Lina le prestige de son sauveteur, mais celle-ci ne dit rien qui montrât à Madeline qu'elle avait appris de Roland l'histoire de son arrivée à Bayberry.

Guy et Madeline étaient assis l'un à côté de l'autre, et tous, après avoir rappelé les joies des jours qu'ils avaient passés ensemble, en arrivèrent à s'entretenir des plaisirs projetés pour la visite que Lina et son frère demandaient à leurs hôtes de leur faire sur les bords de l'Hudson. Ce dernier après-midi fut peut-être le plus agréable de tous.

Le lendemain, les jeunes Duncan montèrent

dans le chariot attelé de la jument brune et conduit par Roland, comme à leur arrivée.

Des larmes coulèrent des yeux bruns de Madeline et des yeux bleus de Lina, quand elles s'em-
brassèrent avec effusion au dernier moment.

Madeline suivit des yeux la voiture aussi longtemps qu'elle put l'apercevoir, puis elle rentra en
disant à demi-voix :

— Il me semble que j'ai fait un beau rêve !

Tante Rachel, qui elle aussi avait regardé le chariot s'éloigner, l'entendit et ajouta, en clignant de
l'œil d'une façon significative :

— Il y a là quelque chose de plus qu'un rêve,
et tu t'en apercevras un jour. Madeline était
déjà rentrée et ne put entendre la réflexion de
sa tante.

CHAPITRE IX

— Ma chérie, disait l'oncle Donald, un soir de la semaine qui avait suivi leur réunion, il me semble vraiment que cela a eu un bon effet sur Guy. Il n'y a rien de tel que de laisser un peu les jeunes gens voler de leurs propres ailes.

Elle parut légèrement embarrassée, tandis qu'elle cherchait dans cette dernière remarque la clef de la première.

— Je fais allusion au petit voyage que vous venez de faire en mon absence. Vous me faites penser « aux enfants dans les bois » partant tous deux pour faire le tour du monde.

En temps ordinaire, Lina aurait éclaté de rire à cette comparaison, mais sa physionomie était fort grave. Peut-être son oncle l'observa-t-il, car il dit très sérieusement :

— J'ai remarqué depuis votre retour une différence dans les manières de Guy à ton égard. Il
avait toujours d'assez bonnes intentions, mais il
y a tant d'étourderie et d'insouciance dans ce cher
garçon. Maintenant je le trouve plus affectueux
et plus prévenant pour toi que par le passé. Cela
m'a bien réussi de t'avoir confiée à lui pour quelque temps.

En sortant de souper, Guy, partant pour une
course au village, était revenu de la grille pour demander à sa sœur si elle n'avait pas quelque com-
mission qu'il pût lui faire : c'était probablement
cette attention qui avait provoqué l'observation de
M. Duncan lorsque Guy les quitta de nouveau.

Lina se dit que l'heure qu'elle attendait avec une
crainte nerveuse depuis son retour était enfin arrivée ; mais sous le charme et la douceur de son
caractère se cachait un courage réel, grâce auquel
elle saurait bravement aller au-devant de son devoir comme le soldat valeureux affronte le feu de
l'ennemi.

— Mon cher oncle, dit-elle, vous êtes plus
merveilleux observateur des gens et des choses,
qu'on ait jamais vu ! Ce que vous dites de Guy est
exact, et, ajouta-t-elle lentement et d'un air grave,
il y a des raisons pour cela.

— Que veux-tu dire, mon cher petit oiseau ?

— Je veux dire que vous n'êtes pas renseigné sur notre absence. Il est arrivé des choses..... — elle s'arrêta court et vint aussitôt s'asseoir sur ses genoux. — Oh ! mon oncle, je crois que ce sera plus difficile que je ne pensais à vous raconter.

La sentant frissonner, il l'entoura de ses bras.

— Quoi que ce puisse être, il me semble, Lina, que tu me connais depuis assez longtemps pour ne pas devoir craindre de me faire tes confidences.

— Oh certainement ! et, la tête câlinement appuyée sur l'épaule de son oncle, elle commença son récit ; quand, une heure plus tard, Guy rentra, il comprit à leurs physionomies qu'il n'existait plus de secret.

— Pourrez-vous me pardonner, mon oncle ? dit-il d'une voix troublée, car il savait que pour l'oncle Donald il n'existait pas au monde un être plus précieux que Lina, et que la moindre négligence se rapportant à son bien-être ou à sa sécurité devrait être considérée par lui comme un véritable crime.

— Il n'y a rien à pardonner, Guy ; mais il y a lieu de bénir Dieu.

Et pendant le silence qui suivit, tandis qu'il tenait sa nièce serrée sur son cœur, il fut aisé aux jeunes gens de deviner quelles ardentes actions de grâces s'élançaient de son âme.

Pendant quelques jours on ne parla guère d'autre chose que de Bayberry et de ses habitants, si charmants et si différents du reste du monde.

M. Duncan, qui aimait particulièrement la jeunesse, prit un intérêt tout spécial à l'histoire de Roland Bell, et la lettre qu'il lui écrivit le témoignait bien :

« J'ai hâte, mon jeune ami, de vous posséder sous mon toit et de presser ces mains auxquelles je dois la conservation d'une vie qui m'est bien plus chère que la mienne propre. »

D'autres lettres furent aussi adressées par ses enfants, toutes insistant pour obtenir la prochaine réalisation des projets qui avaient été conçus et discutés dans la grande chambre de Bayberry. Ce ne fut cependant qu'à une époque déjà avancée de l'automne que Madeline et Roland purent se rendre à l'invitation de leurs amis et pénétrer dans un monde tout nouveau pour eux.

Il commençait à faire nuit lorsqu'ils arrivèrent et furent introduits dans la grande bibliothèque, gaiement éclairée, où la famille réunie les attendait.

M. Donald s'avança rapidement vers Roland,

dont il étreignit la main, et ces deux hommes restèrent debout en face l'un de l'autre, s'étudiant
réciproquement, avec bienveillance d'un côté et
respect de l'autre.

Ils formaient, à l'extérieur du moins, un contraste parfait dont on aurait composé un beau tableau : la belle et noble figure de M. Duncan était
entourée d'une chevelure et d'une barbe grises
qui lui donnaient l'air plus âgé qu'il n'était ; tandis
que le visage de Roland exprimait la virilité et la
vigueur dans leur plénitude, mais la droiture et la
pureté étaient empreintes sur chacun de ses traits,
et en cela le contraste n'existait pas.

Ils se regardèrent si longtemps ainsi, que les
assistants finirent par en éprouver quelque surprise. Mais enfin M. Donald se retourna vers Madeline.

Bien des fois Lina s'était promis d'observer cette
première entrevue ; elle supposait que son oncle
devrait être impressionné de ce visage. Mais, quoiqu'il fît à Madeline un accueil aussi cordial que possible, il semblait, en la regardant, être sous l'influence d'un rêve.

Le souper fut servi bientôt après l'arrivée des
voyageurs, et la conversation y fut fort gaie.
Quand on fut retourné dans la bibliothèque, qu'on

eut formé le cercle autour du premier feu de la saison et que les nouveaux arrivés eurent senti dissiper par le bon accueil et la cordialité le sentiment étrange qu'on éprouve en pénétrant dans un intérieur inconnu, M. Duncan arrêta ses yeux gris et doux sur Roland ; pendant le repas ils avaient déjà souvent suivi la même direction.

— Ma question vous paraîtra peut-être indiscrète, M. Roland, mais je serais bien curieux de savoir à quoi vous pensez.

Le jeune homme sourit et sa figure se colora un peu en répondant.

— Je vous demande pardon, monsieur ; il me semble que je vous ai regardé jusqu'à vous paraître inconvenant. Mais j'ai un vague sentiment de vous avoir vu, de vous avoir connu, il y a bien, bien longtemps. Cependant c'est tout à fait impossible.

— Peut-être que non, dit l'oncle Donald à la surprise générale. Regardez-moi encore, mon ami, reportez-vous aux plus lointaines époques de votre enfance, fouillez dans tous les recoins de votre mémoire, et voyez ce que vous y pourrez découvrir, je suis curieux de le savoir.

Il y avait dans la voix et les yeux du maître de la maison quelque chose qui frappa tout le monde.

Roland fixa sur lui un regard pénétrant, puis, après un instant de silence, il dit lentement et comme quelqu'un qui cherche dans ses souvenirs :

— Ce doit être un rêve, et cependant je vois tout cela aussi clairement que vous tous, assis autour de moi. C'est dans une jolie petite pièce, un beau feu de charbon brûle dans une grille ; au-dessus de la cheminée est suspendu le portrait d'un homme assez jeune, dont la physionomie est extrêmement énergique et intelligente, et les yeux gris, agréables à regarder. Un petit garçon, — il me semble que c'est moi il y a bien longtemps, — se tient debout devant le feu, il regarde tour à tour les flammes et les yeux du portrait qui le suivent partout, la porte s'ouvre. Deux messieurs entrent, l'un d'eux ressemble tout à fait au portrait ; il prend l'enfant dans ses bras et, avec une exclamation de joie, le perche sur son épaule, où le petit garçon bat des mains pour témoigner sa satisfaction.

» L'autre monsieur sourit en les regardant et montre une grande cage dans laquelle est un vrai perroquet vivant, au magnifique plumage vert et rouge, et qui crie : « Pretty Polly ! » L'enfant est si ravi qu'il sauterait à terre s'il n'était retenu.

Que c'est étrange ! Ce doit être un rêve, cependant il me semble, je ne puis me l'expliquer, — que vous êtes mêlé à tout cela et que ce petit garçon c'est moi.

— Oui, oui ! c'était vous, s'écria M. Donald d'une voix si forte que tout le monde tressaillit, et il s'élança vers Roland, qu'il étreignit dans ses bras comme une mère en délire ferait de son petit enfant. Vous êtes bien le fils de Jacques Beresford ! Votre père m'a sauvé la vie et vous avez sauvé celle de ma nièce !

Il me faudrait bien des paroles pour dépeindre la profonde surprise que causa la révélation de M. Duncan. Guy et sa sœur se rappelèrent aussitôt la rencontre qu'il avait faite sur les falaises et l'histoire qu'il leur avait racontée alors, aussi eurent-ils tout de suite compris ; mais il fallut plus de temps à Madeline et à Roland pour débrouiller cet imbroglio.

— Vous êtes bien le fils de votre père, dit l'oncle Donald en regardant à travers ses larmes ce robuste et élégant jeune homme.

— Qui était mon père ? demanda Roland avec une vive émotion. Oh ! si vous le savez, je vous en supplie, dites-le-moi.

— Jacques Beresford, mon ancien camarade d'école, à qui je devais la vie. La scène que vous venez de raconter s'est passée le jour où je l'ai vu pour la dernière fois et vous aussi. C'était bien moi qui apportais le perroquet. Nous avions pensé tous les deux que ce serait le cadeau qui réjouirait le mieux un enfant accomplissant sa troisième année. Votre père partait le lendemain pour l'ouest, et moi pour l'Amérique du Sud.

— Et mon nom est.....

Question étrange dans la bouche d'un homme de vingt et un ans.

— Roland Beresford.

Sa figure anxieuse se rasséréna.

— Oh oui ! j'ai entendu ce nom autrefois, il y a bien longtemps, et mon oreille le reconnaît.

— Encore une question, dit l'oncle Donald : à quels soins fûtes-vous confié, aussi loin que vous puissiez vous rappeler ?

— A un nommé Dixon, Simon Dixon ; il me traitait indignement.

— C'est bien le nom du mari de la femme à qui votre père vous avait laissé.

» Quand je retournai à Saint-Louis et que j'appris qu'il se livrait à l'ivrognerie et à une mauvaise conduite, je fis tout pour le retrouver. Quoique votre père eût éprouvé de grands revers dans les

ffaires à l'époque où votre mère mourut, il vous
vait laissé plusieurs milliers de dollars. Ce misé-
able aura réussi à s'emparer de ces fonds et, après
es avoir dissipés, il vous a fait passer pour mort.

Chaque phrase apportait une nouvelle lumière
lans le mystère qui avait enveloppé l'enfance de
Roland Bell. Les derniers événements qu'il pouvait
se rappeler expliquaient ceux qui les avaient pré-
cédés. Il s'informa avidement de sa mère, mais
M. Duncan ne l'avait jamais vue et ne savait que
ce que son ami lui en avait dit.

M. Donald reprit bientôt son calme habituel ;
jamais Guy et Lina ne l'avaient vu aussi ému
qu'au moment où il avait découvert de qui Roland
était le fils.

Pendant près d'une heure, ce fut lui qui tint le dé
de la conversation, sauf quelques interruptions du
jeune homme ou de Madeline. Il raconta tout ce
qu'il put se rappeler du temps où il allait à l'école
avec Jacques Beresford, leur rencontre dans la
cabane de l'Ouest, leur mémorable voyage nocturne
dans les plaines, les jours qu'ils avaient passés à
Saint-Louis, la promesse faite à son sauveteur au
moment où ils se séparaient, et tous les efforts
infructueux qu'il avait faits, après la mort de son
ami, pour retrouver l'enfant.

Guy parla ensuite à Roland de la rencontre sur le bord de la mer, qui, l'année précédente, avait tant préoccupé son oncle.

Le tour de Roland vint ensuite, il redit l'histoire qu'il avait racontée un jour à Madeline, assis ensemble dans le verger.

Elle ne fut pas plus longue que jadis, car il ne put rendre par des paroles toutes les souffrances qu'il avait éprouvées ; il retraça la scène funèbre sous le hangar et donna un aperçu de sa vie quand, seul au monde, errant, vagabond, il ne rencontrait pas une main qui se tendît vers lui, une voix bienveillante qui lui réchauffât le cœur.

— Enfin, je trouvai le chemin de Bayberry et, ajouta-t-il en adressant un sourire à Madeline, ce fut pour moi celui du ciel.

Tout cela avait été dit avec simplicité, sans jamais se vanter ni se mettre en évidence.

Lorsqu'on voyait Roland pour la première fois, on était toujours frappé de cette modestie virile qui le caractérisait, et plus on le connaissait, plus cette impression augmentait.

Cette première soirée passée ensemble sur les bords de l'Hudson fut délicieuse ; il faudrait des pages sans fin pour définir les sentiments divers qui remplissaient les cœurs de ces cinq personnes

et absorbaient tellement leur esprit qu'à tout moment l'une ou l'autre s'écriait au milieu d'une
conversation toute différente :

— Qui aurait jamais pu deviner pareille chose !
ou encore : Comme tout cela s'est merveilleusement découvert ! — Ces exclamations étaient si
fréquentes qu'elles semblaient un refrain.

Après avoir mis tant d'animation dans leurs discours, l'oncle Donald et Roland laissèrent souvent
aux autres le soin d'égayer l'entretien, mais à
chaque instant leurs regards interrogateurs et ca-
ressants se rencontraient.

M. Duncan avait des doctrines très fermes sur
les heures raisonnables du coucher, aussi fut-on
fort étonné de voir qu'il était deux heures du matin
lorsqu'on pensa à se dire bonsoir ! Les derniers
mots de Madeline, en quittant son ami sur l'escalier, furent ceux-ci :

— Ah ! Roland, qu'est-ce que papa et tante
Rachel diront quand ils sauront tout cela ? Com-
ment ferai-je pour apprendre à vous appeler Roland
Beresford ?

Ce fut plus facile et plus prompt qu'elle ne l'avait
prévu.

Le temps de cette visite fut le plus merveilleux
de la vie de Madeline jusqu'à cette époque. Il lui

semblait vivre au milieu de miracles. Chaque
jour amenait des surprises nouvelles, car leurs
aimables hôtes tenaient à leur faire voir tout
ce que New-York renfermait de plus curieux soit
en fait d'art, soit en monuments ; les musées, les
concerts, les théâtres, la Cinquième avenue, Broad-
way, le Parc Central, etc.

Malgré tout l'enivrement et l'admiration de
Madeline au milieu de tant de splendeurs, ses
heures les plus heureuses étaient encore celles
qu'on passait en famille à la maison.

L'oncle Donald et elle se sentaient de jour en
jour plus attirés l'un vers l'autre. La jeune fille
ne s'était jamais rencontrée avec un homme d'une
intelligence si cultivée, d'une distinction si parfaite et qui fût en même temps le type complet de
la virilité chrétienne. En lui elle croyait revoir
un de ses héros grecs favoris, mais il leur était bien
supérieur.

Ils passaient des heures ensemble à causer de
livres ; Madeline avait la passion de la lecture, surtout en fait d'histoire, de sorte que, malgré leur
grande différence d'âge, elle était parfaitement en
état de donner la réplique au savant de cinquante-
cinq ans.

Tous les personnages célèbres du XVe et du

XVIᵉ siècle étaient aussi vivants dans son esprit
que dans celui de M. Duncan, et il y avait dans la
conversation et le jugement de la jeune fille une
fraîcheur, une profondeur de vues, une vivacité
d'imagination qui le surprenaient et le charmaient.

Philippe Sidney et Walsingham, Catherine de
Médicis et Elisabeth Tudor, étaient des personnages aussi familiers à l'un qu'à l'autre.

En réalité, Madeline s'épanouissait merveilleusement dans cette nouvelle atmosphère qui, pour
son âme, ressemblait à ce qu'un beau jour de mai
dans les champs était pour son corps. Il lui semblait
vivre, penser, sentir, dix fois plus qu'elle ne l'avait
jamais fait.

— Quel cœur et quelle âme! se disait M. Donald
quand il se retrouvait seul; quelle belle et incom-
parable femme elle va devenir!

Elle était réellement ravissante en ce moment;
Roland le pensait, mais, malgré tout ce qu'elle
avait été et serait toujours pour lui, il manquait à
Madeline ce charme de la nouveauté qu'il trouvait
en Lina Duncan.

Madeline était venue avec toute sa simplicité et
les modestes toilettes qu'on se procurait dans la
ville un peu arriérée de Bayberry, au milieu de

cette splendide demeure et de ces personnes aussi distinguées qu'élégantes.

Ce devait être pour elle une véritable épreuve, du moins on serait tenté de le penser, mais la bonne éducation se reconnaît partout, dans les palais des souverains aussi bien que sous la tente de l'Arabe des déserts orientaux.

Guy était fasciné, plus encore qu'il ne l'avait été à Bayberry, mais, pas plus qu'alors, il n'avait la pensée qu'il aimât Madeline.

Son intelligence, sa sincérité, le charme indéfinissable de sa conversation le captivaient aussi bien que son oncle. Il trouvait comme lui que chaque jour son visage augmentait de beauté et que sa physionomie devenait plus expressive. Il l'accompagnait partout, prenait un plaisir extrême à lui montrer tout ce qui pouvait l'intéresser, et il était aussi naturel que dans toutes leurs allées et venues elle se confiât à ses soins que Lina à ceux de Roland.

Ces heureux jours paraissaient avoir des ailes, on avait projeté un séjour d'une quinzaine, mais les Duncan ne voulurent pas entendre parler de départ avant l'époque de la rentrée des cours, et tandis que tout au dedans n'était que vie, gaieté, bonheur, à l'extérieur le ciel devenait sombre, les soirées froides et le vent bruyant.

Cette visite ne ressemblait pas à celles qu'on échange généralement entre familles. Les hôtes et leurs amis avaient été mis en rapport d'une façon si étrange, si différente de ce qui se voit ordinairement, qu'il y avait dans leurs relations une petite nuance romanesque qui en augmentait le charme et la sincérité.

En toutes circonstances le fils de Jacques Beresford aurait été pour Donald Duncan l'objet d'un intérêt particulier et plein de tendresse, mais cet intérêt se trouvait décuplé par une nouvelle et immense dette de reconnaissance ; aussi, dès le premier jour, le franc et brave jeune homme avait-il gagné le cœur de celui qui avait été l'ami de son père.

Il n'y avait rien que M. Duncan ne fût prêt à faire pour Roland, mais il était vraiment difficile de découvrir alors un moyen de lui être utile. Il avait sa place et sa vocation dans le monde, et il entrait courageusement dans la carrière choisie.

— Ah ! si je l'avais retrouvé, il y a seulement une douzaine d'années ! se répétait-il souvent ; et pourtant, ajoutait-il quelquefois, je ne suis pas sûr qu'au bout du compte il en fût plus heureux. Il m'a l'air d'avoir bien marché sans mon aide ;

peut-être est-ce pour le mieux que mon argent et moi n'y ayons pas eu de part. Sans doute il était utile qu'il fût éprouvé par ces années de misère et de souffrance. Quand Dieu veut faire un homme, il sait rendre son œuvre complète.

La propriété dont la maison de M. Duncan était entourée surpassait en beauté tout ce que Roland et Madeline avaient jamais pu concevoir. Celle-ci disait qu'elle était assez délicieuse pour être la demeure de toutes les fées dont Shakespeare a peuplé ses clairs de lune.

Le parc était un chef-d'œuvre en son genre : on y voyait des allées sinueuses, qui conduisaient dans des bosquets pleins de grâce et de fraîcheur, les uns entourés d'une épaisse verdure, les autres embellis par un toit de vignes vierges aux riches teintes pourpres. Il y en avait où l'on serait resté des journées entières à écouter le frémissement des feuilles et le chant des oiseaux.

Des sièges, les uns rustiques, les autres plus recherchés et souvent ombragés par le lierre, se trouvaient partout où la beauté de la vue invitait à s'asseoir. Au milieu de vastes pelouses, des massifs de fleurs avaient encore quelques vestiges de leur splendeur passée.

Sur le point le plus élevé, un petit pont rustique, dont on aurait pu faire un charmant croquis, invitait par son élégance les visiteurs à y aller jouir d'une vue étendue qui embrassait une grande partie du domaine.

Par un beau jour de novembre, M. Donald conduisit ses hôtes sur ce point pour admirer un magnifique coucher de soleil. Tandis que tous es yeux, dirigés vers l'ouest, y contemplaient des miracles de couleur, des cris joyeux et des voix d'enfants se firent entendre au loin sur la droite. Les regards s'étant portés dans cette direction, on aperçut Guy, qui s'avançait dans l'avenue, portant dans ses bras et faisant sauter en l'air un marmot d'à peine trois ans, gras et dodu, peu et très mal vêtu, qui, malgré son étonnement, paraissait prendre un très grand plaisir à cet exercice.

Ils étaient suivis de quatre ou cinq autres enfants plus âgés, sales, couverts de haillons, la tête et les pieds nus, tels qu'on en peut facilement trouver dans les ruelles des villes. Mais tous paraissaient au comble de la joie par suite d'une promesse de Guy, qui, jonglant toujours avec l'enfant, semblait encore plus heureux qu'eux.

Il conduisit son escorte derrière la maison, et, après avoir mis à terre son fardeau, il fit une allo-

cution dont, grâce au calme de la soirée, on ne
perdait pas une syllabe sur le pont.

— Mes garçons, je vous ai promis que vous
auriez à souper avant moi, et je vais tenir ma
parole. Attendez-moi ici pendant que j'entre à la
maison. Dans deux minutes je vais revenir vous
apporter quelque chose que vous trouverez cent
fois meilleur que moi. — Et il disparut.

— Voilà bien Guy! dit sa sœur, rompant le
silence avec lequel tous avaient assisté à cette
petite scène. Il a ramassé ces petits gamins le long
du chemin et les a amenés pour leur faire un
régal. S'il y a au monde quelqu'un qui trouve
de la jouissance à faire une bonne action, c'est
bien mon frère, mon cher Guy. — Et toute sa
physionomie exprimait une affectueuse admiration.

— Oh oui, dit l'oncle Donald, il est la générosité en personne. Tenez, regardez-le.

Guy avait reparu portant d'une main un plateau
chargé de tartines et de tranches de gâteau, de
l'autre un panier de fruits.

Toutes les petites mains (dont nous ne voulons
pas constater le degré de propreté) furent bientôt
pourvues. Guy, dont la figure épanouie par le
plaisir dominait le petit groupe, distribua à me-

sure du besoin le contenu du plateau et du panier.
Quand tout fut mangé, il dit :

— Maintenant je vais vous congédier lestement,
parce que, voyez-vous, il faut que j'aille souper,
moi, car il y a là des gens qui m'attendent.

Il se doutait peu qu'il avait des spectateurs sur
le pont rustique.

Il mit la petite troupe en rang et la reconduisit
jusqu'à la grille, où il se déchargea du petit enfant
qui avait été ravi de retourner « dans les bras du
monsieur ». Arrivé là, il enleva son chapeau, qu'il
agita en l'air en signe d'adieu, et la troupe enfan-
tine lui répondit par les cris : Vive monsieur Guy !
merci, monsieur Guy !

Tandis que nos amis, émus et attendris par ce
qu'ils venaient de voir, retournaient vers la maison,
Lina leur dit :

— Si le hasard ne nous en avait pas rendus
témoins, nous n'aurions jamais su un mot de
tout cela. Guy garde toujours le silence sur ses
bienfaits secrets, comme s'il s'agissait d'une
chose honteuse. Te souviens-tu, mon oncle,
de ce jour, — il n'était encore qu'un tout petit
enfant, — où tu le rencontras dans l'escalier
se glissant à la dérobée vers sa chambre, car il
n'avait plus de veste ; et tu découvris qu'il avait

donné la sienne à un petit vagabond qu'il avait vu sur la route ?

L'oncle se le rappelait très bien et il dit qu'il était toujours le même. On trouva le jeune homme à la maison, attendant patiemment qu'on rentrât. Mais le secret parut trop difficile à garder, et Lina lui fit bientôt savoir ce qu'on avait vu du pont. Il devint aussitôt très rouge et dit pour s'excuser :

— J'ai rencontré ces petits gamins en revenant du chemin de fer, et il me semble que mon souper me paraît meilleur quand j'ai rassasié quelqu'un avant de manger.

La soirée fut fort agréable, quoique, après un si brillant coucher de soleil, le vent se fût levé et annonçât une nuit de tempête.

M. Donald se borna la plus grande partie du temps à écouter la causerie des jeunes gens, tout en se livrant à de profondes réflexions sur chacun d'eux.

Madeline était dans un de ses jours de plus grande beauté ; la scène dont elle avait été témoin avait touché son cœur et elle trouvait Guy plus charmant que jamais. Elle l'aimait déjà bien avant cela, mais pas encore autant qu'elle aimait l'oncle Donald.

— Quelle jolie figure, pensait celui-ci, que de
sensibilité, de douceur, et quelle variété dans
son expression! Quel esprit, quel cœur, quelle
âme! il y en a une comme cela sur un mil-
lion !

A ce moment, elle arrêta sur lui ses grands
yeux bruns et lui dit :

— Je pense souvent que si deux personnes pouvaient être transportées, dans Jupiter par exemple, et que les habitants se groupassent autour
d'elles pour avoir quelques détails sur notre petite planète, quels récits différents les nouveaux
venus pourraient faire, quoiqu'ils eussent vécu à
la même époque et dans les mêmes lieux, en sup-
posant que l'un d'eux fût né et eût grandi au sein
de la misère, et l'autre au milieu des richesses
et des affections. En quelle terrible perplexité se
trouveraient les cervelles des habitants de Jupiter
devant des rapports si contradictoires !

— En effet, dit sérieusement Roland, qui ne riait
pas comme Guy de la singularité d'une pareille
supposition. Une vie humaine qui a à peine dépassé vingt ans offre souvent des contrastes aussi
frappants que ces deux récits. Quand, traîné par
vos beaux chevaux gris, M. Duncan, je parcours
la cinquième avenue, je pense souvent combien

de fois mon pied nu, meurtri ou glacé, a foulé
ce même sol quand personne n'avait pitié du
pauvre enfant affamé. Il me semble qu'il y a des
siècles et que cela m'est arrivé dans une existence
antérieure.

— Mon pauvre garçon ! Si je l'avais su ! dit
l'oncle, et ses yeux bleus se tournèrent tout pleins
de larmes vers Roland qui, en les voyant, se repro-
cha amèrement ce qu'il avait dit.

Il y a des pensées qui s'expriment toutes seules
et sans notre concours.

— Quelle consolation infinie c'est ! dit Madeline à Guy, et sa physionomie s'épanouit instantanément.

— Est quoi ? demanda-t-il.

— Eh bien, de savoir que le ciel est au-dessus
de la terre et que là toutes choses seront rétablies
comme elles doivent être.

— Certainement, répondit Guy ; mais cette
adhésion était celle d'un homme jeune et heureux
qui ne connaissait aucun des grands mystères et
des souffrances terrestres dont on attend la solu-
tion et la compensation dans le monde à venir ;
et en ce moment il pensait plus à la belle figure
de celle qui venait de parler et à l'étrangeté de son
langage qu'à toute autre chose.

L'oncle Donald le savait en écoutant ces deux voix. Il n'était pas sans inquiétude à l'égard de son neveu. Il se demandait si Guy allait devenir un *homme* dans la seule et véritable acception qu'il attachât à ce mot, toutes les autres étant pour lui vides de sens.

Il savait tout ce qu'il y avait de généreux et d'estimable dans cette nature.

Il avait été touché de la scène qu'il avait vue du pont, mais il savait que les impulsions généreuses et les qualités aimables ne constituent pas une solide et noble virilité.

— Mieux vaudrait pour lui casser de la pierre ou se faire terrassier, se disait l'oncle avec conviction, que de mener une vie de luxe et d'oisiveté comme tant de beaux jeunes gens. Ah ! les fils de parents riches ! Je me méfie toujours de la trempe de cette sorte d'acier jusqu'à ce qu'il ait été sérieusement éprouvé. Combien je voudrais savoir ce qu'il y a de mieux à faire pour ce garçon.

Roland demandait à Lina de chanter.

Elle avait une voix délicieuse par sa douceur et sa pureté. Son oncle disait toujours qu'il croyait entendre une fauvette gazouiller par un beau matin de mai au milieu des aubépines fleuries. Quoique Madeline trouvât de vives jouissances dans toutes les harmonies du son, elle n'avait pas reçu le don d'une belle voix.

Roland resta près du piano pendant que Lina terminait la soirée en chantant d'anciennes ballades que son oncle préférait à toute autre musique. En le voyant tourner les pages, une pensée traversa l'esprit de M. Duncan; c'était la même qu'avait eue tante Rachel en voyant s'éloigner la voiture qui emmenait Guy et Lina loin de Bayberry.

En tout cas, quelle que fût cette pensée, elle était agréable si l'on en jugeait par l'expression que prirent ses yeux ; et ce soir-là, au moment de se séparer, il saisit la main de Roland et la pressa encore plus affectueusement que les autres jours. Il appréciait tout ce qu'il y avait de solide et de transparente pureté dans le fils de son ami.

Quant au jeune homme, il lui semblait que depuis quelques jours il avait retrouvé un père. Quoiqu'il s'efforçât parfois d'exprimer à Madeline ce qu'il ressentait, il disait que les paroles étaient impuissantes à dépeindre une admiration aussi tendre que celle qu'il éprouvait pour M. Duncan.

CHAPITRE X

Plus de deux mois s'étaient écoulés depuis que les jeunes amis s'étaient quittés, et les jours commençaient à allonger imperceptiblement, lorsqu'un matin Lina dit sans préambule à son oncle :

— Quel singulier projet Guy s'est mis en tête depuis quelque temps !

— D'aller aux frontières ce printemps, veux-tu dire ?

— Oui, de devenir un chasseur, un sauvage, un colon, un pionnier du temps jadis. Il me dit que ce sont les seuls hommes pour lesquels il ait quelque respect, et un tas d'autres bêtises du même genre. Je présume, mon oncle, que tu ne prêteras pas l'oreille à une idée aussi absurde.

— Guy en parle très sérieusement, — dit

M. Duncan en déposant son livre et en se détirant,
puis il se mit à marcher dans la pièce, mais sans
répondre.

— On le croirait certainement d'après la manière
dont il s'exprime. Je ne l'aurais pas cru capable
d'une pareille absurdité. Avec ses goûts et ses habitudes, aller tenter la vie rude du désert, avec les
Indiens, les ours et les serpents pour toute compagnie, — et elle souriait avec ironie.

— Mon enfant, dit son oncle d'un ton solennel,
si Guy est bien décidé, je ne m'y opposerai
pas.

La jeune fille fut si étonnée qu'elle resta muette.
M. Duncan marchait toujours ; on était dans la
bibliothèque, aux rayons remplis de livres, avec
ses tableaux, son bureau et sa grande grille. Au
dehors la neige tombait à gros flocons.

— J'ai fait ce que j'ai cru le mieux pour Guy,
dit-il, les yeux attachés au tapis et les mains jointes
derrière le dos. Je dois maintenant m'effacer et
remettre le tout entre les mains de Dieu ; il a ses
desseins pour chaque âme qu'il a créée. Je n'ose
intervenir, de peur de gâter les choses,... et de
mettre une âme en péril.

— Mais, mon oncle, pense donc, dit Lina aussitôt qu'elle eut recouvré l'usage de la parole. Cela

ne paraît le comble de la sottise, de la folie. Élevé comme il l'a été, qu'est-ce que Guy pourrait faire ? Comment résisterait-il à la vie si rude qu'on mène dans ces affreuses solitudes ? Ah ! oncle Donald, j'avais toujours cru que tu étais l'homme le plus sensé qu'il y eût au monde, — et son regard exprimait un mélange de doute et de consternation.

— Je n'ai jamais eu cette conviction, mon enfant, mais, quoi qu'il en soit, voici comment je suis arrivé à considérer cette question. Guy me paraît être en ce moment sous l'empire d'une crise. Il se peut que ce désir, quelque étrange qu'il paraisse à la surface, soit une indication vraie de ce qui lui est utile pour apprendre à ne compter que sur lui-même, et à devenir véritablement un homme. N'aie pas l'air si effrayée, ma chérie. Je sais tout ce qu'il y a de bon dans Guy. Il est aussi pur que le plus noble des chevaliers du roi Arthur ; il est plein d'intentions généreuses et a des sentiments élevés ; mais il n'est pas arrivé à se connaître, à savoir ce qu'il doit être. Ce n'est pas moi qui puis lui donner cette science. Cette vie de la frontière peut, par ses difficultés et ses périls, faire naître ce germe, sans lequel il ne sera jamais l'homme que je désire, que j'espère voir en mon neveu.

» Il sort à peine du collège, et il prétend qu'il est

dégoûté des livres ; quand je lui parle de faire des
études en vue d'une profession ou d'une autre, il
fait la grimace ; ni la médecine, ni la théologie, ni
le droit ne lui offrent d'attrait.

» Peut-être découvrira-t-il au milieu des ours et
des Indiens, comme tu dis, ou au sein de l'im-
mensité solennelle des plaines, ce qu'il est et ce
qu'il peut devenir. S'il y arrive, cette connaissance
n'aura pas été payée trop cher par les difficultés
et les dangers qu'il aura rencontrés. Je voudrais
aussi le voir aguerri comme un montagnard suisse
avec des muscles de chasseur des plaines. Sa vie
de famille et de collège lui a tout simplement conservé la santé de la jeunesse, j'ai toujours veillé
à l'entretenir ; mais il n'a pas un fonds assez solide
pour résister avec succès à quelque grande épreuve
de santé. Ainsi, mon enfant, si Guy est bien résolu
à partir, ce n'est pas moi qui lèverai un doigt pour
le retenir.

Lina n'avait jamais considéré ce projet du point
de vue où se plaçait son oncle. Comment il leur
serait possible de vivre après le départ de Guy,
était une chose qu'elle ne pouvait comprendre. Au
fond du cœur, elle espérait bien que les idées de
son frère se modifieraient ; mais plus le printemps
avança, plus elles se fortifièrent. « Un feu circu-

lait dans ses veines, disait-il, et le vent des plaines pourrait seul le calmer. »

Dans les premiers jours de mai, le jeune homme élevé au milieu de tant d'affections dit adieu à son oncle et à sa sœur, puis partit avec deux ou trois camarades de collège pour aller à la recherche d'une vie nouvelle.

CHAPITRE XI

Depuis une heure, la nuit s'était répandue sur le paysage solitaire. Au ciel, quelques rares étoiles brillaient entre de gros nuages.

Le croissant de la lune s'élevait au-dessus des sommets aigus ou abrupts des Sierras. Aux alentours étaient disséminées de petites collines de sable, les unes arides, les autres couvertes d'une herbe rare ou de petits buissons.

Au pied d'une de ces collines se trouvait un étroit ruisseau dont le cours était frangé de fougères et de broussailles. Deux sentiers y aboutissaient : l'un montait à droite vers les bois de sapins ; l'autre, à gauche, conduisait à une ville qui se formait à vingt milles de là sur le bord d'un district où se trouvaient de riches mines aurifères.

Nous n'avons à nous occuper ce soir ni de la
ville, ni des mines et des mineurs : le vent d'octobre gémit en passant sur l'immense solitude, un
cavalier fatigué arrête son cheval sur le sommet de
la colline, il observe les environs, regarde du côté
du ruisseau, c'est sur ses bords qu'il passera la
nuit. Il donne de l'éperon, descend la colline,
saute à bas de son cheval et l'attache à un jeune
cèdre.

La lune éclaire son visage et nous reconnaissons
es traits de Guy Duncan. Oui, ce sont encore les
mêmes traits, mais ce n'est plus le même person-
nage. Il a pris beaucoup de force, et le teint rosé du
jeune étudiant s'est bruni et même basané sous le
soleil et les intempéries qu'il a eu à subir dans les
plaines et parmi les Montagnes Rocheuses.

Combien il a joui ! Comme son âme et son corps
se sont dégagés par une même secousse, semble-
t-il, de tous les liens du luxe et de la mollesse pour
s'épanouir et se développer au sein de cette vie
nouvelle et libre du désert et des plaines !

Il semble qu'un élément sauvage, caché sous l'é-
ducation et l'élégance, en ait tout à coup surgi,
armé de pied en cap, comme Minerve sortit du cerveau de Jupiter. Cet air vivifiant, cette existence
de jour et de nuit à l'extérieur ont tonifié toutes

les parties de son être, et lui ont, croit-il, donné un corps nouveau.

Il lui semble qu'il ne savait pas ce que c'était que de vivre avant d'avoir des nerfs d'acier et des muscles dignes d'un chasseur de l'Ouest.

Il a chassé le buffle, tué des ours et s'est assis près du feu des Indiens. Pendant des jours entiers il n'a eu pour nourriture que du café et ce que sa carabine ou sa ligne pouvaient lui procurer. Il a campé durant des semaines sans autre abri qu'une couverture imperméable et il pense, lui, Guy Duncan, que la seule vie digne de ce nom est celle d'un Indien !

Il se persuade que, s'il n'existait pas un oncle Donald et une sœur Lina, il abandonnerait la civilisation pour tout le reste de sa vie, ou au moins jusqu'à ce qu'il fût vieux. En ceci il se trompe un peu ; bientôt son jeune sang se rafraîchira, et les goûts et les besoins de son ancienne vie reprendront leur attrait.

Mais la force des nerfs et des muscles, un jeu plus actif des poumons ne sont pas tout ce que Guy a gagné pendant cet été ; il a vu la réalité en face ; il a appris à juger les hommes et les choses sous un nouveau jour. Le silence et l'étendue au milieu desquels il a vécu ont dit à son âme des choses qu'il n'aurait jamais apprises au sein des villes et des foules.

Il s'étonne parfois lui-même du changement qui s'est fait en lui. Est-il bien le même homme qui, il y a cinq mois, quand le printemps commençait à prodiguer ses richesses à la nature, a quitté son foyer pour s'aventurer dans cette vie inconnue après laquelle il avait soupiré tout l'hiver?

Ce jour-là, en chassant, il s'est trouvé séparé de ses compagnons; il est exténué de fatigue et mourant de faim, cependant il ne veut pas allumer de feu pour se faire au moins une tasse de café, car la flamme ou la fumée pourrait attirer quelque Indien, dont la visite ne lui serait nullement agréable.

Dès l'aurore, il partira pour l'établissement et y aura certainement des nouvelles de ses amis.

Il s'assied sur le sol, ôte son chapeau; encore quelques instants, et ses membres fatigués trouveront le bien-être dans un sommeil comme il n'en a jamais goûté sur les lits élastiques.

Il regarde le ciel, les nuages qui passent, les étoiles qu'ils découvrent par intervalles, la lune qui devient de plus en plus lumineuse, mais il n'a pas de soupçon que les mois qui viennent de s'écouler ont été la préparation de l'heure qui commence, que toute sa vie il se rappellera cette heure et tout ce qui en ce moment frappe ses regards.

Il entend des pas précipités et une respiration haletante. En une seconde il est debout. A sa droite apparaît, sortant du bois de pins, une jeune femme portant dans ses bras un petit enfant que cachent presque entièrement les plis d'un vieux châle.

A la lueur que la lune répand sur son beau visage, Guy a reconnu le teint et les traits d'une métisse, mais jamais il n'a vu une expression de terreur insensée comme celle qu'expriment les grands yeux de cette mère. Elle s'était élancée follement vers le ruisseau qu'elle savait pouvoir aisément franchir à l'endroit où se trouve Guy, mais elle ne l'a pas aperçu avant de le toucher presque. Elle pousse un léger cri et, tremblant de tous ses membres, elle s'arrête et le regarde avec méfiance et frayeur.

Guy fait un pas en avant et, fixant sur elle ses yeux si doux, il lui dit :

— Femme, ne me regardez pas avec tant de frayeur, je ne suis pas ici pour vous faire du mal. Qu'avez-vous ?

La pauvre créature, un peu rassurée, plus encore peut-être par l'apparence de son interlocuteur que

par ses paroles, commença à lui raconter son his_
toire.

Son mauvais anglais ne diminuait en rien le
pathétique de son récit, qu'accentuaient encore
sa pâleur et l'égarement de ses yeux.

Elle était fille d'un chef indien et mariée à un
colon blanc. Leur cabane avait été construite dans
une clairière du bois à environ deux milles du lieu
où ils se trouvaient.

Ils étaient souvent visités par des mineurs, qui
y couchaient quelquefois et y infectaient l'air de
leur whiskey et de leur tabac.

Le mari de cette femme était allé aux mines
depuis quinze jours et n'était pas encore de re_
tour lorsque trois hommes étaient venus de l'établissement. Ils paraissaient fous de boisson et de
rage et l'avaient fort effrayée, car elle était seule
avec son jeune enfant.

Par ce qu'elle entendit de leur conversation, elle
pprit qu'il y avait eu une dispute épouvantable
aux mines, et ils juraient la mort de celui avec
lequel ils s'étaient d'abord querellés. Elle reconnut
le nom de cet homme, un mineur auquel son mari
et elle avaient plus d'une fois donné l'hospitalité.

La veille au soir, ce mineur était revenu chez

elle avec l'intention de s'y reposer quelques heures ;
elle n'avait pu le laisser repartir sans l'avertir du
danger qui le menaçait, et cependant elle savait
qu'en agissant ainsi elle risquait sa vie. Le mineur s'était aussitôt enfui dans les montagnes pour
éviter ses assassins.

Ceux-ci avaient cherché et suivi sa piste
jusqu'aux environs de la clairière avec l'espoir
d'assouvir leur vengeance, car ils ne soupçon-
naient pas que l'Indienne eût entendu leur serment.

Cependant, ne voyant pas reparaître leur victime du côté où ils l'attendaient, ils se méfièrent
qu'elle connaissait leur complot et le lui avait révélé. Ils résolurent de l'en punir par la mort. Ce
même soir ils s'étaient rapprochés de la cabane ; elle
les avait aperçus dans le bois et, saisissant son enfant, elle avait couru se cacher dans un arbre
creux. En arrivant, ils avaient jugé par le feu qui
brûlait dans le foyer et la confusion qui régnait
dans l'habitation, que, redoutant leur présence, elle
venait d'en sortir pour aller se cacher à peu de distance.

Elle les avait entendus la chercher jusqu'auprès
des broussailles qui entouraient l'arbre, mais ils
n'eurent pas un instant l'idée qu'elle eût pu y

chercher un refuge. Pendant qu'ils exprimaient leur colère par d'horribles imprécations, elle tremblait que le petit enfant ne vînt à se réveiller et ne revélât par un cri le lieu où ils étaient cachés.

Quand elle n'avait plus rien entendu, elle s'était enfuie et, légère comme une gazelle, avait rapidement parcouru la distance. Mais elle savait qu'ils ne renonceraient pas à s'emparer de leur proie et que bientôt, furieux d'avoir été deux fois joués par une femme, une métisse, ils la dépisteraient.

Voilà le récit que Guy écouta en entendant le murmure du vent dans les pins et en observant les effets de lune sur les montagnes.

Tout tragique qu'il était, il ne lui parut pas aussi invraisemblable qu'il l'aurait trouvé six mois auparavant.

Il connaissait maintenant les passions féroces, les ruses, la cruauté sanguinaire des misérables qui rôdent aux environs des frontières de la civilisation.

Son sang jeune et généreux bouillonnait d'indignation, et, sans réfléchir que son dévouement pourrait lui coûter la vie, il résolut de secourir la pauvre et tremblante créature qui, son enfant dans les bras, se tenait devant lui ; mais les minutes étaient précieuses.

Différentes voies s'offraient à elle : la route de gauche la conduirait à la ville après un trajet de vingt milles ; une autre se dirigeait vers les montagnes du sud ; la troisième, qui allait dans l'est, était parcourue par des diligences.

En peu de mots, — le moment ne permettait pas de longs discours, — Guy exprima à la fugitive son désir de lui venir en aide. Il lui offrit sa carabine de rechange, elle saurait s'en servir aussi bien que le meilleur chasseur, et lui conseilla de suivre sans retard la route de la ville.

Une fois arrivée là, elle serait en sécurité, et ses ennemis ne soupçonneraient pas qu'elle eût cherché un asile aussi éloigné.

Il aurait aimé à l'accompagner, mais son cheval était à bout de forces après cette rude journée, et lui-même n'était pas moins fatigué ; du reste la jeune femme possédait la délicatesse de sens qui caractérise les Indiens, elle se tirerait peut-être mieux d'affaire toute seule.

Au moment de partir, elle revint sur ses pas, posa la main sur le bras du jeune homme, et ses grands et beaux yeux brillèrent d'un nouvel éclat.

— Homme blanc, dit-elle à demi-voix, si ces hommes découvrent ce que vous avez fait pour moi, ils vous tueront.

— Ils me tueront? si je n'y puis mettre obstacle, et la main de Guy toucha sa carabine d'un
geste significatif.

En réalité il n'éprouvait pas la moindre
frayeur.

— S'ils vous trouvent, vous ne leur direz rien ;
jurez-moi par le Grand Esprit des blancs que vous
ne nous trahirez pas.

— Je vous le promets, dit Guy solennellement, et
Dieu en est témoin. Je ne puis rien dire de plus ;
maintenant, partez.

L'Indienne descendit au ruisseau, qu'elle franchit
aisément, il n'y avait pas plus de deux pieds d'eau
en cet endroit. Il la suivit un instant des yeux,
mais, légère comme un faon, elle eut bientôt disparu. Tout cela s'était passé en fort peu de temps,
et quand il ne la vit plus, il lui sembla qu'il sor-
tait d'un rêve. Se rappelant l'avertissement qu'elle
lui avait donné, il examina sa carabine, quoiqu'il
ne crût à aucun danger.

Il avait depuis quatre mois couru de grands
périls et s'était aguerri.

Il eut cependant la précaution de s'enfoncer un
peu plus dans le fourré, et il se coucha sur le sol
en se disant que si les meurtriers venaient de ce
côté ils ne le découvriraient pas ; d'ailleurs il

allait se tenir éveillé et l'oreille au guet : mais cinq minutes ne s'étaient pas écoulées qu'il s'endormit profondément.

Il fut brusquement tiré de son sommeil par des mains brutales et des voix grossières.

Des yeux menaçants, à l'expression féroce, rencontrèrent son regard étonné.

Jamais dans toutes ses pérégrinations il n'avait vu de plus méchantes figures que celles avec lesquelles il se trouvait face à face.

Son premier mouvement fut de saisir sa carabine, elle n'était plus là ! Un éclat de rire plein de triomphe infernal répondit à son étonnement, et l'un des nouveaux venus brandit devant lui l'arme dont il s'était emparé.

Guy comprit tout : les misérables avaient suivi les traces de la femme jusqu'au ruisseau, puis, en fouillant les environs, ils avaient aperçu Guy et soupçonné aussitôt qu'il savait de quel côté la fugitive s'était dirigée.

Le jeune homme se redressa ; il était sans défense, au pouvoir de brigands qui n'auraient pas plus hésité à lui brûler la cervelle, si la fantaisie leur en prenait, qu'à tirer sur un buffle ; mais, malgré cette conviction, sa voix était parfaitement calme quand il dit :

— C'est un peu brusque de réveiller ainsi les gens. Que voulez-vous de moi ?

— Nous voulons avoir la femme, et nous l'aurons ou ta vie. Elle est venue ici et tu sais où elle est, — et de grossiers jurements se mêlèrent à ces deux phrases.

Le mensonge n'aurait eu aucun résultat. Les hommes avaient fouillé, dirent-ils, tous les environs de la clairière, ils étaient certains que la métisse n'y était plus et qu'elle avait dû sortir du bois à un endroit rapproché du ruisseau.

— Oui, dit-il, elle est venue ici.

— Quelle route a-t-elle prise ?

Il y eut un silence, mais il fut court.

— Je ne puis vous le dire, même si vous deviez me tuer à sa place. Quand une femme poursuivie m'a demandé de la secourir, je donnerais ma vie plutôt que de la trahir, et en écoutant sa voix, qui lui semblait celle d'un autre, il se demandait s'il n'avait pas prononcé son propre arrêt de mort.

Il fut assailli de menaces et d'imprécations. Un des malfaiteurs dont les yeux avaient une expression plus sauvage encore que les autres dirigea sa carabine sur sa poitrine et lui ordonna de parler s'il voulait sauver sa vie. Un des autres eut cependant une nouvelle idée, car il appela ses deux compagnons et ils tinrent conseil un instant.

Pendant qu'ils s'occupaient de Guy, la femme s'éloignait sans doute, disait l'un ; de nouvelles recherches la feraient peut-être découvrir, disait l'autre, car la fatigue avait dû l'arrêter avant qu'elle traversât le ruisseau. Ils étaient si absorbés par la fureur de la poursuite, que pas un des trois n'eut l'idée que Guy n'était pas venu là à pied, et ils laissèrent dormir en paix la pauvre bête dont ils auraient pu se servir pour tenter d'atteindre la fugitive.

Ils convinrent que deux d'entre eux allaient encore explorer les alentours ; le troisième ferait sentinelle près de leur prisonnier, et, s'il bougeait, ce serait fait de lui.

Si leurs recherches étaient couronnées de succès, les brigands, ayant assouvi leur vengeance dans le sang de la malheureuse, laisseraient probablement la vie à Guy. Dans le cas contraire, ils lui offriraient encore une chance de salut, en les mettant sur les traces de leur victime. Mais, s'il persistait dans sa discrétion, une balle mettrait fin à la discussion.

Les deux hommes s'éloignèrent en jetant au jeune homme des regards menaçants ; il resta seul

avec son gardien, qui le couchait en joue, prêt
à tirer à la moindre tentative de fuite.

Tout cela s'était passé en quelques minutes ;
Guy aurait pu se croire plongé dans un nouveau
rêve sans cet affreux visage à moitié couvert d'une
longue barbe inculte, ces yeux qui ne respiraient
que la menace, et cette carabine braquée sur
lui.

Il comprenait que l'heure était venue de décider
s'il voulait vivre ou mourir. Il ne lui restait pas
l'ombre d'une espérance s'il refusait de répondre :
il avait jugé les hommes entre les mains desquels
il était tombé.

Dans la scène imprévue qui venait de se passer,
il avait agi et parlé sous une impulsion irréfléchie,
involontaire ; mais, pendant les minutes qui allaient
s'écouler, il fallait peser la résolution qu'il allait
prendre et en mesurer toute la portée ; cette décision ne pourrait avoir que deux conséquences : la
vie ou la mort ?

C'était Guy Duncan, rappelons-nous-le bien, à
qui ce choix s'imposait, Guy dans les veines
duquel circulait le sang ardent de la jeunesse,
dont le cerveau n'avait en perspective que les
larges horizons de l'espérance et de l'activité pendant un long avenir. Le passé ne lui avait causé

ni chagrins ni désappointements, et le présent lui offrait une existence pleine de charmes.

Que d'émotions abondèrent dans son âme en ces instants, tout à la fois si courts et si longs, où, sous le regard maudit du brigand, il restait dans la plus complète immobilité. Le ruisseau continuait son murmure, et la lune brillait impassible au-dessus des Sierras.

Comme un éclair, tous les événements de sa vie se déroulèrent devant son imagination. L'oncle Donald et Lina lui apparurent. Quelle immense affection il ressentit pour eux! C'est souvent sur le lit de mort qu'on apprend combien vous étaient chers ceux qu'on va quitter. Ah! s'ils savaient quelle scène éclaire cette lune qu'ils contemplent peut-être à cette même heure! Que sera la maison quand y parviendra la nouvelle qu'il a été tué comme un chien, lâchement assassiné dans les plaines?

Ils ne sauraient jamais comment cela avait eu lieu et que par un mot, même un geste, il aurait pu se conserver à leur amour.

Alors vint la terrible lutte entre la douceur de la vie et l'amertume de la mort!

Ne valait-il pas mieux trahir cette femme et vivre? Qu'était la vie d'une pauvre métisse comparée à la sienne, sur laquelle reposaient tant d'af-

fections, tant d'espérances et qui promettait un
si riant avenir? car à cette heure toute une existence remplie d'œuvres nobles et courageuses se
dessinait dans une glorieuse vision.

Les années! comme elles lui apparaissaient fé-
condes! Il lui semblait n'avoir pas vécu jusque-là :
tout le passé n'était plus qu'un rêve enfantin. Ces
cruels moments avaient enlevé le voile dont les
yeux de son âme étaient couverts, et il jugeait ceux
qu'il connaissait à un point de vue tout nouveau.

Il se rappelait Roland, auquel était étroitement
lié le souvenir de Madeline Earle, non plus seulement comme il l'avait connue quand sa beauté,
le charme indéfinissable de sa conversation et de
ses manières le fascinaient, et que ce quelque
chose qui en elle différait de tout le monde l'amusait tout en l'éloignant un peu.

Cette vision s'était éclaircie soudainement.

Elle pénétrait jusqu'au fond de son cœur et de
son âme : il voyait cette nature tendre, belle, si ri-
chement douée qui devait s'épanouir lentement
sous l'influence des années pour en faire la plus
belle et la plus parfaite des créatures féminines
placées par Dieu sur la terre.

Il eut la révélation de ce qu'elle aurait pu être
pour lui en affection, en sympathie, de ce qui

aurait été l'ensemble de leur existence s'il était
parvenu à la posséder et que leurs deux vies se
fussent confondues en une seule !

La vie, l'amour, la mort, le regardaient en face
et disaient à son âme : Que veux-tu choisir ?

Être, un instant après, frappé de mort comme
une bête sauvage, être privé de sépulture et si,
longtemps après, on découvrait son corps, il serait
à demi dévoré par des animaux carnassiers ou des
oiseaux de proie !

Des larmes remplirent ses yeux, et à la lueur
de la lune il les vit briller en tombant sur ses
mains.

Il se rappela le serment qu'il avait fait à l'Indienne et quel nom il avait pris à témoin.

Pouvait-il manquer à sa parole et sauver maintenant sa vie par un parjure ?

Tout le reste de son existence, il serait hanté par
ce souvenir. Une pensée s'attacherait à lui, et,
comme un spectre, lui apparaîtrait dans ses heures les plus heureuses, au milieu de la plus splendide prospérité : c'est qu'il avait payé tout cela par
un acte de déshonneur et de trahison. La vie,
même sa vie, valait-elle d'être conservée à un pareil prix ?

Alors lui revinrent en mémoire les enseignements de ses maîtres, les principes dans lesquels il avait été élevé. Son oncle ne lui avait-il pas appris qu'il y a des choses encore plus précieuses que la vie ? Ne serait-il pas d'avis que mourir, c'était agir selon le devoir ? Pourrait-il, en retournant vers M. Duncan et Lina, leur dire : Me voici sain et sauf comme je vous ai quittés, mais je me suis parjuré, j'existe au prix du déshonneur.

Je ne me charge pas de décider ce que devait faire Guy, je me borne à dire comment il voyait le pour et le contre de sa situation. C'est à vous, ecteur ou lectrice qui m'avez suivi dans cette histoire, de juger par vous-même.

Il pensa à Dieu et se demanda à quoi pouvait ressembler l'autre monde ; s'il s'y réveillerait paisiblement l'heure d'après et s'il saurait tout ce qui se faisait dans celui-ci, ou s'il aurait à passer par un long sommeil sans rêves.

— O Dieu ! pria Guy Duncan, comme il n'avait jamais prié dans les jours heureux ; c'est bien difficile, vous voyez combien est grande ma perplexité. Mais vous m'avez entendu donner ma parole et en prendre votre nom à témoin.

» Comment pourrais-je maintenant sacrifier cette pauvre femme pour me sauver.

» O mon Dieu ! je crois que je ferai bien, car il

me semble que c'est votre volonté, je choisirai la mort. Mais la vie est douce et je suis faible ; aidez-moi à mourir avec courage !

Après cette prière, l'âme de Guy se sentit fortifiée. Il comprit que l'honneur était plus que la vie et tout ce qu'elle pourrait lui offrir.

Il était pourtant bien jeune ! et ce sort était cruel ! Mais il s'était décidé sur le choix qu'il devait faire.

— Adieu, oncle Donald ! Adieu, Lina chérie ! dit-il mentalement. Je fais ce que je crois bien.

A partir de cet instant, la mort avait perdu son aiguillon.

— Vous ne voulez rien dire ? demanda l'homme dont les yeux féroces, ombragés par d'épais sourcils noirs, ne le perdaient pas de vue.

Depuis plus de cinq minutes Guy avait complètement oublié sa présence.

— Non, dit-il.

Son surveillant proféra un horrible jurement.

C'étaient les seules paroles qu'ils eussent échangées dans cette demi-heure qui lui avait paru longue comme plusieurs journées.

A ce moment revinrent les deux hommes, furieux de l'inutilité de leurs recherches. Guy les entendit maugréer et jurer. Ils bondirent auprès de lui en poussant des cris de sauvages.

— Nous n'avons pas retrouvé la femme ; dis-nous où elle est allée, ou tu es un homme mort.

— Non, je ne vous le dirai pas, répondit Guy.

Il n'avait pas parlé très haut, mais l'approche de la mort n'avait pas altéré sa voix. Il était assis sur le sol, et la lune donna en plein sur son visage quand il releva la tête pour regarder ses interlocuteurs. Il n'avait pas peur, mais il avait hâte que ce fût fini, de crainte que, l'amour puissant de la vie ne l'emportant sur sa volonté, il ne cédât.

A ce moment suprême, il redoutait non la mort, mais le déshonneur.

— Meurs, alors ! et les deux hommes le couchèrent en joue.

Mais à ce moment leurs armes furent brusquement relevées par celui qui avait fait sentinelle.

— Imbéciles ! cria-t-il, vous allez perdre vos dernières charges sur un pareil gibier et il ne vous en restera plus pour la femme quand nous l'aurons retrouvée. Je me charge de lui.

Guy vit l'arme braquée sur lui, il entendit la détonation, et s'affaissa sur le sol à demi évanoui : ses poignantes émotions ajoutées à l'extrême fatigue et au besoin d'aliments avaient sans doute causé une brusque détente de ses nerfs. Il entendit vaguement les cris et les pas des hommes qui s'éloignaient. Il se demandait quelle blessure il avait reçue, quand il cessa complètement de penser, de sentir et d'entendre.

Nul ne pourrait dire plus que lui combien de temps il resta dans cet état. Quand il ouvrit les yeux, tout, excepté le ruisseau, était silencieux.

Peu à peu la mémoire lui revint. Était-il donc encore de ce monde ? Il n'éprouvait pas de souffrance et ne se trouvait pas de blessures ; tandis qu'il cherchait à mettre de l'ordre dans ses pensées, il entendit un bruit de pas et vit reparaître en face de lui l'affreuse figure qu'il avait eue pour vis-à-vis pendant la terrible demi-heure.

— Tu n'as pas une égratignure, lui dit à demi-voix l'homme, qui ajouta à ses paroles un rire grossier. Je ne vaux pas mieux que les autres, mais tu as de la chance (un jurement) ; j'ai eu, au dernier moment, la fantaisie de t'épargner. J'ai floué les camarades : je n'avais pas de balle dans ma carabine ! J'ai prétendu que j'avais oublié ma poire à poudre et je suis revenu pour te dire que je n'avais pas voulu te tuer. Tu es un sot, mon garçon, mais tu as eu de la chance, car je suis le plus noir

des diables qu'on n'ait pas encore pendu aux
environs. Je mérite la corde au premier arbre
venu.

» Tu dois la vie à un drôle de sentiment qui m'a
passé tout d'un coup dans le cœur. — Et il partit
pour rejoindre ses compagnons. La jeune femme
devait être alors assez rapprochée de son but
pour n'avoir plus rien à craindre de leur part.

Guy s'était relevé. Tout ce qui l'environnait lui
semblait exactement dans le même état que lorsqu'il s'était couché pour dormir, mais il n'en était
pas ainsi de lui-même.

Au fond de son âme, il sentait que cette heure
terrible et glorieuse avait tracé une ligne de dé-
marcation ineffaçable entre son passé et son
avenir.

Il avait été mis à l'épreuve, et en la supportant
vaillamment il s'était prouvé à lui-même que la
vérité et l'honneur lui étaient plus précieux que la
vie et ses plus belles promesses.

CHAPITRE XII

Avant que la folie de l'Ouest, comme l'appelait Lina, se fût emparée de Guy, il avait été convenu entre les jeunes gens que les Duncan feraient une visite à Bayberry l'été suivant.

Madeline avait presque arraché à l'oncle Donald la promesse qu'il accompagnerait ou au moins rejoindrait ses neveux.

Il s'absentait rarement, excepté pour affaire, ou pour aller respirer pendant quelques jours l'air de la montagne ou de la mer. Il avait, disait-il, assez couru le monde pour jouir d'une patriarcale sérénité pendant le reste de ses jours sous le toit de ses ancêtres.

L'oncle et la nièce passèrent tranquillement chez eux l'été de l'absence de Guy ; mais les deux

jeunes filles entretinrent une correspondance fort
active, dans laquelle Madeline répétait sans cesse
avec une nouvelle insistance l'invitation à laquelle
elle tenait tant, et plus d'une fois Roland y joignit
une lettre suppliante pour M. Duncan.

Lina s'épanouissait chaque fois que ce sujet
revenait sur le tapis, et à la fin son oncle accorda
son consentement de cette façon caractéristique
qui n'appartenait qu'à lui :

— Je le vois clairement : quand trois jeunes têtes
ont formé un complot contre mes cheveux gris,
tout ce que j'ai de mieux à faire, c'est de me rendre
avec grâce. Septembre est un mois charmant placé
entre le solstice et la saison des tempêtes, choisis-
sons cette époque, ma bien-aimée.

L'automne vit donc arriver à Bayberry les Duncan, ou du moins les deux personnes auxquelles
la famille se trouvait présentement réduite en deçà
des Montagnes Rocheuses. Naturellement tout le
monde regretta vivement que Guy ne les accom-
pagnât pas, mais la présence de M. Donald devait offrir une grande compensation, il était si
aimable.

Nous avons déjà décrit tous les charmes de
l'antique demeure de Bayberry. M. Duncan y
trouva autant de jouissances que ses neveux

l'année précédente. On serait bien tenté de dire qu'il y prit tous les cœurs d'assaut ; mais cela n'exprimerait pas du tout l'influence bienveillante, utile, agréable qu'il exerçait et que l'on comparerait avec plus de justesse à celle d'un beau jour d'été qui répand partout sa clarté, sa chaleur et son ombre.

Le Squire Earle et son visiteur étaient faits pour se plaire. M. Duncan avait vingt ans de moins, mais il avait mené une existence beaucoup plus mouvementée. Tous les deux avaient le goût des livres et assez de rapport dans leurs penchants pour que la conversation ne tarît jamais entre eux.

Le père de M. Earle avait mené une vie fort active et avait acquis une grande expérience sociale. Il avait entretenu des relations plus ou moins intimes avec les grands hommes de son époque, tels que Washington, Jefferson, Adams, Burr, Hamilton. Il possédait un inépuisable répertoire d'anecdotes intéressantes et de souvenirs de ces personnages remarquables et de leur temps.

Son fils, trouvant autant de plaisir à écouter ses récits que lui à les faire, en avait la mémoire admirablement meublée, et pendant des heures entières

M. Duncan fut pour lui un auditeur attentif et ravi, M. Earle ayant le don de conter d'une manière charmante. Il excellait à dépeindre les acteurs qui avaient joué un rôle dans ces « années où la nation était née et avait appris à marcher seule »! selon l'expression de M. Donald.

Au début, tante Rachel craignait que son hôte, qui lui imposait beaucoup, ne se lassât bien vite de tous ces récits du temps passé ; mais, à son grand étonnement, il semblait les écouter avec autant de plaisir qu'on en a généralement quand on entend dans l'âge mûr répéter les refrains qui ont bercé notre enfance.

— Vraiment, monsieur, dit M. Duncan, un jour qu'après avoir écouté toute la matinée les souvenirs de son hôte, il se dirigeait avec lui vers la salle à manger, votre mémoire est un vaste musée meublé d'anecdotes sur les premières années de notre nation et ses personnages les plus célèbres. Quel charmant livre vous en pourriez remplir ! Vous devriez le faire.

M. Earle se frotta les mains selon son habitude quand il était satisfait. Quel beau tableau on aurait fait de lui en ce moment !

— J'ai parfois eu cette pensée, dit-il. Peut-être un de ces jours me mettrai-je à la besogne.

M. Duncan arrêta sur son interlocuteur ce regard calme qui, malgré sa douceur, pénétrait jusqu'au cœur des hommes et des choses. — Non, pensa-t-il, vous ne le ferez pas, mon cher monsieur. Lorsqu'on est arrivé à notre âge sans avoir écrit, on ne commence pas.

Quant aux trois jeunes amis, le mois de septembre avec son beau ciel leur offrit une série de journées charmantes, qu'ils employèrent en promenades à pied ou en voiture et en excursions dans les bois, d'où ils rapportaient des appétits formidables pour faire honneur aux festins de tante Rachel.

Bien souvent Lina ou Roland disaient avec un soupir :

— Si seulement Guy était ici !

Et Madeline répondait aussitôt :

— Combien je le voudrais !

Mais en réalité, quoiqu'elle eût admiré ce beau et aimable garçon, elle n'éprouvait pas de vide véritable de son absence. Elle aimait beaucoup Lina, et la société de l'oncle Donald était si charmante.

Si Madeline eût mis en comparaison l'oncle et le neveu, elle aurait peut-être encore préféré la présence du premier. Il était loin de se consacrer

entièrement au rôle d'auditeur de M. Earle ; il se
mêlait souvent, et même avec un entrain peut-être
plus vif que Roland, aux amusements et aux projets de la jeunesse.

Quant à Madeline, elle captivait et intéressait
encore plus que l'année précédente cet homme de
cinquante-six ans.

— Elle est un peu plus belle que l'an dernier,
elle le sera encore plus l'année prochaine et ira
ainsi progressant pendant toute sa vie peut-être,
disait-il à lui-même, mais non à Madeline, car il
ne lui aurait jamais fait un compliment de ce
genre. Il se plaisait à observer cette extrême mo-
bilité du jeu de sa physionomie et à en provoquer
les manifestations, en faisant vibrer la corde de
quelque pensée ou en émettant une opinion à laquelle la voix et les yeux de Madeline répondaient
instantanément.

Ce fut sans doute avec une pareille intention
que, regardant un jour le rayon de poésie dans
sa bibliothèque, il lui adressa la question suivante :

— Mademoiselle Madeline, pourriez-vous me
dire au juste ce qu'ont été ces poètes pour
vous ?

— Oh ! monsieur ! — et une vive émotion se répandit sur ses traits, — vous me faites là une ques-

tion à laquelle il m'est tout à fait impossible de répondre. Réfléchissez seulement un instant à tout ce
qu'il y a de poèmes qui circulent par le monde,
chantant, avec leur divine douceur à travers le bruit
et le silence, la joie ou la douleur, dans le passé et
aussi dans le présent! Autant vaudrait me demander ce que serait la vie sans eux.

Et M. Donald pensa que la réponse de Madeline
était la meilleure qui pût être faite à sa question.

Dans l'après-midi se passa un incident qui ne
vaudrait pas la peine d'être rapporté s'il n'avait
pas dû avoir de grandes conséquences.

Roland et les deux amies résolurent d'exécuter
un projet formé depuis quelques jours déjà ; il s'a-
gissait d'aller à deux milles environ de la maison
pour voir au milieu des bois une charmante cascade
formée par un ruisseau qui se précipitait au milieu
des rochers. Leur attente ne fut pas déçue et ils
furent amplement payés des fatigues de l'ascension.

Les jeunes filles étaient en joyeuse disposition,
et de fréquents éclats de rire en témoignaient.
Quoique la gaieté de Roland fût moins bruyante,
elle n'était pas moins réelle et il avait le don, malgré la tranquillité habituelle de son caractère, de

toujours répandre la bonne humeur autour de lui, comme le soleil répand la lumière et la chaleur.

Le sentier était rapide et couvert par endroits de cônes de sapin desséchés. En redescendant, le pied de Lina glissa et elle tomba, mais sans se faire de mal. Tout en riant, elle se releva vivement. Roland, qui la suivait, s'était déjà élancé à son secours, mais il arriva encore trop tard.

— Oh ! ma chère enfant, dit-il, vous êtes-vous fait mal ?

— Non, non, merci, je n'ai rien du tout, et elle recommença à rire, mais non plus comme l'instant d'auparavant, et elle avait rougi.

Ce n'était rien en apparence, et bien des fois Roland avait adressé ces mêmes paroles à Madeline ; il y avait toujours quelque chose de tendre et de protecteur dans les manières de ce grand garçon quand il s'adressait à une femme. Mais les paroles ne sont pas tout, l'inflexion de la voix a de la signification, et la sienne était venue du cœur, disons plus, d'un repli si profond, que jusqu'à ce moment il en avait ignoré l'existence.

C'était cet accent d'inexprimable tendresse, ce cri presque involontaire, qui frappèrent Madeline

et résonnèrent à son oreille comme si un écho
lointain les lui eût répétés pendant qu'elle chemi-
nait vers la maison. Elle essaya de chasser cette
impression et de se livrer tout entière au plaisir de
cette jolie promenade, mais il lui semblait toujours
que leur gaieté était affectée comme l'avait été le
rire de Lina en répondant à Roland.

Le soir, quand vint le crépuscule, elle s'éclipsa
pour se promener un peu seule dans un bosquet ;
elle avait besoin de se recueillir sans crainte d'être
interrompue. Au premier moment, elle eut un ou
deux serrements de cœur. Elle avait été prise à l'im-
proviste par cette tendresse de la voix de Roland.
Elle ne savait pas ce que cela signifiait ; depuis longtemps elle avait une profonde persuasion qu'elle
occupait la première place dans les pensées et les
affections du jeune homme, et depuis leur entretien au bord de la mer, deux ans auparavant, elle
regardait sans doute comme une chose toute probable que dans un temps à venir ils se fianceraient,
si toutefois cela pouvait ne plus leur paraître
aussi ridicule et aussi absurde qu'il semblerait à
une jeune fille de voir soudainement transformé en
amoureux le frère qu'elle adore.

Mais, quelle que fût son affection pour eux, voir
Lina et Roland... sa pensée s'interrompit. Elle avait

peine à respirer tandis qu'en se promenant dans
l'allée de groseilliers elle cherchait à regarder en
face les circonstances nouvelles qui se produi-
saient. Il lui échappait des phrases incohérentes,
inachevées, qui auraient paru des énigmes à quiconque n'en aurait pas possédé la clef.

— Maintenant, Madeline Earle, tu sais que tu ne
dois pas penser à toi-même ; il ne faut pas t'aban-
donner à un sentiment d'orgueil blessé. Va-t'en
au coin, et tourne la figure au mur s'il est nécessaire ; si quelques petites jalousies montrent le
nez, il faut sur-le-champ les étrangler !

A mesure qu'elle marcha, ses traits se dépouillè-
rent de la perplexité et du doute qui les avaient alté-
rés. Plus elle y pensait, plus le nouvel état de chose
lui paraissait le meilleur et le plus convenable.
Elle commença à voir plus clair dans ses véritables
sentiments à l'égard de Roland. Elle sentit que,
s'ils avaient été destinés à éprouver jamais de l'a-
mour l'un pour l'autre, l'idée d'être fiancés ne leur
aurait pas paru dès le début tout simplement ridicule. Elle avait vraiment eu plus de sagesse qu'elle
ne le pensait, lorsqu'elle avait dit qu'il fallait
attendre.

Elle en arriva bientôt à désirer que son idée fût
une réalité, à espérer qu'elle ne s'était pas méprise,

à voir que ce serait la plus belle chose du monde si Roland et Lina pouvaient s'aimer. Il serait toujours son frère, elle acquerrait la plus charmante sœur, et un jour à venir il y aurait un agréable foyer où elle savait qu'une place serait réservée pour elle et où elle serait toujours la bienvenue. Des larmes de tendresse et de réelle satisfaction remplirent ses beaux yeux, et, s'abandonnant à l'activité de son imagination, elle oublia qu'elle se promenait dans une allée droite bordée de groseilliers et croyait parcourir une galerie remplie de tableaux reproduisant toutes les scènes d'amour et de bonheur qu'elle entrevoyait dans l'avenir, lorsqu'elle entendit la voix de tante Rachel qui la pressait de se soustraire à l'influence de la rosée.

— Elle se promènerait là toute la soirée sans penser à rien. Elle a toujours été l'enfant la plus imprudente ! disait la vieille dame à son frère qu'elle venait de rencontrer.

Roland était monté à cheval, c'était sa ressource quand il avait quelque chose dans l'esprit, un problème difficile à résoudre ; mais, ce soir-là, il ne trouva pas dans cet exercice le soulagement qu'il en attendait. Le fait est qu'il se sentait fort troublé. Il voyait en lui un monstre digne d'être fusillé, pendu ou condamné à toute autre mort infamante, lui, Roland Beresford, qui s'était enorgueilli de son honneur et de sa loyauté et qui avait cru jusqu'alors qu'il mourrait plus volontiers que de se rendre coupable d'une action basse ou honteuse.

Mais un éclair lui avait révélé qu'il avait pour Lina Duncan un sentiment qu'il n'éprouvait pour aucune autre femme. Il l'avait compris au moment où elle était tombée et où il avait poussé ce cri irréfléchi.

Comme Madeline, Roland avait depuis leur entretien de Rhode-Island considéré comme presque certain qu'un jour à venir leur affection prendrait un autre nom et il vivait avec sécurité dans cette conviction. Il se sentit pénétré de remords à la seule pensée qu'il avait eu pour une autre femme un sentiment autre et plus profond que sa tendresse pour son amie.

Tout le passé, tout ce que Madeline avait été pour lui pendant tant d'années se retraça sous ses yeux et lui rendit sa déloyauté de plus en plus noire. Il n'avait qu'une excuse, c'est qu'il avait été surpris ; jusqu'à ce moment il n'avait pas soupçonné que son cœur renfermât un sentiment de ce genre, car il l'aurait étouffé dans son germe.

Mais des circonstances dans lesquelles il avait
fait la connaissance de Lina, il était résulté des
relations d'une intimité qui n'était pas ordinaire.

En pensant à elle, il voyait toujours la charmante
créature qu'il avait arrachée aux flots qui allaient
l'engloutir, et il n'avait jamais étudié ce que pouvaient être ses sentiments pour elle, jusqu'au moment où la vérité s'était subitement révélée à lui.
Il n'avait qu'une chose à faire, c'était d'étouffer à
jamais cette tendresse comme il aurait voulu
anéantir la plus horrible des tentations du démon.

La pensée de faire un chagrin à Madeline lui
causait une angoisse inexprimable. La noble et
sensible fille devait toujours ignorer sa honteuse
faiblesse, qu'à ses propres yeux il expierait par une
vie entière de dévouement.

Tel fut l'engagement qu'il prit avec lui-même
au moment où il remit son cheval, couvert d'é-
cume, dans le chemin de la maison.

Jamais, depuis le jour où il était venu à Bayberry, il ne s'était senti aussi malheureux.

Quand il rentra dans le salon, M. Donald lisait
des vers aux jeunes filles et, lorsqu'il eut fini, il
était temps d'aller se coucher.

Le lendemain, en sortant de déjeuner, Madeline

s'approcha de Roland et, lui mettant la main sur le bras, lui dit :

— J'ai quelque chose à vous dire. Il faut que nous soyons bien seuls ; venez avec moi au ravin.

Il y avait là un petit ruisseau le long duquel existait un sentier uni qui passait derrière le verger. Ce chemin, fort peu fréquenté, offrait la plus charmante promenade par cette belle matinée pleine de rosée et de soleil, où l'air était très transparent et où le plus léger nuage n'altérait pas l'azur du ciel.

Roland la suivit aussitôt. Les désirs de Madeline Earle avaient toujours été pour lui les lois humaines les plus puissantes, et en cette occasion la loi avait revêtu une autorité plus grande que jamais.

Il supposait toutefois que cette mystérieuse conférence n'avait pas d'objet plus important que quelque nouveau projet d'amusement pour leurs hôtes. Ils marchèrent quelque temps en silence. La jeune fille ne paraissait pas pressée de prendre la parole. Elle fouillait dans ses pensées pour voir par laquelle il valait mieux commencer. La chose lui paraissait vraiment plus difficile qu'elle ne l'avait prévu.

— Eh bien ? dit Roland rompant enfin le silence; il y avait dans sa voix et dans son regard une nuance inaccoutumée de tendresse. Peut-être s'en aperçut-elle et en soupçonna-t-elle la cause, car elle fixa un instant sur lui des yeux pleins d'une émotion sérieuse.

— J'ai à vous entretenir ce matin d'un sujet solennel.... Oh ! Roland, voyez-vous cette jolie fleur d'églantier d'un rose si vif qui a pris le mois de septembre pour celui de juin ! Je la voudrais.

Roland prit son couteau et, se penchant au-dessus du ruisseau, coupa avec soin la branche de fleurs, qu'il donna toute couverte de rosée à Madeline en lui disant :

— Voyons maintenant le sujet solennel. — Évidemment il n'avait aucun soupçon de ce qui allait suivre.

— C'est au sujet de ce sot bavardage que nous fîmes le dernier soir que nous étions à Rhode-Island. Puis, sentant qu'elle allait s'égarer, elle changea de tactique : Roland ! j'ai pensé hier.... cela m'est venu comme un éclair, combien ce serait une belle chose si vous et Lina Duncan vous pouviez.... vous pouviez vous aimer !

Elle sentit le bras sur lequel elle s'appuyait

tressaillir comme s'il eût reçu un violent choc. Mais ses paroles avaient précisément sur Roland un effet opposé à celui qu'elle projetait, et c'était assez naturel, lui étant soudainement adressées après tout ce qu'il avait ressenti et pensé depuis la veille. Roland supposa que la pénétration qui caractérisait Madeline lui avait fait découvrir ce qu'il éprouvait pour Lina.

Dans ce cas, il savait quelle conduite lui serait inspirée par la générosité et l'abnégation dont elle avait déjà donné tant de preuves.

Mais Roland n'eut pas la pensée de la prendre au mot; d'ailleurs il avait réussi à se persuader que Madeline lui était plus chère que personne au monde.

— Madeline, dit-il, regardez-moi bien en face.

Elle leva sur lui des yeux limpides et francs qui n'avaient à dissimuler ni chagrin ni secret.

— Savez-vous ce que vous avez dit ?

— Parfaitement, Roland. Mon instinct m'avait bien guidée il y a deux ans; il est encore le même aujourd'hui. Nous nous aimons autant que frère et sœur puissent le faire, et il y en a bien qui s'aiment moins que nous ; mais nous ne nous aimons pas de cette façon, et voilà pourquoi l'idée des fian-çailles nous avait paru à l'un et à l'autre si absurde. Je ne crois pas que cela fût jamais arrivé quand même nous aurions vécu ensemble pendant cent ans, — et le fond de sa pensée se voyait clairement à travers ces phrases confuses.

Tandis qu'elle parlait, des écailles tombèrent des yeux de Roland, il comprit que Madeline disait bien le fond de sa pensée.

Les vérités de nos âmes et de celles d'autrui se révèlent quelquefois à nous de cette manière; mais il était tellement surpris que la pâleur avait envahi jusqu'à ses lèvres.

— Si c'était toute autre femme que Lina Duncan, continua la jeune fille, je ne suis pas certaine que je vous cédasse si volontiers à elle ; mais à présent, cela me paraît la chose la plus naturelle, la plus charmante du monde. Je ne vous perdrai pas et je recevrai de vous la plus aimable des sœurs ; — des larmes obscurcirent ses yeux et une expression de joie se répandit sur ses traits pendant qu'elle prononçait ces dernières paroles.

Roland souriait.

— Eh bien, Madeline, il faut avouer que vous avez pour éconduire un adorateur une façon délicieuse que pas une autre femme au monde ne saurait employer. Mais j'étais aussi sincère à Rhode-Island qu'il soit possible de l'être, croyez-le bien; et jusqu'à la mort j'aurais tenu ma parole, si vous n'aviez pas.....

— Vous n'avez pas besoin de me dire cela. Comme si je ne savais pas que la déloyauté vous serait impossible ! Mais maintenant vous voyez aussi clairement que moi qu'il y avait une méprise. Pour rendre toutes choses parfaites, vous n'avez qu'à me substituer Lina.

— Oubliez-vous qu'elle a voix au conseil et que peut-être elle ne me traitera pas mieux que vous n'avez fait ?

Madeline avait son opinion sur ce sujet, mais c'était le secret de Lina et elle ne voulut pas dire un mot qui le trahît ; elle se borna à répondre.

— Il me semble qu'il n'y a qu'une manière d'éclaircir la chose.

Le ruisseau entendit encore une longue et gaie causerie, mais il était le seul auditeur, et sa discrétion était à toute épreuve.

Quand les deux jeunes gens se séparèrent, leurs physionomies exprimaient une calme satisfaction.

Un instant auparavant, Roland avait dit à Madeline :

— Avez-vous l'intention de me donner un remplaçant un de ces jours, comme vous venez de le faire pour vous-même ?

— Non, Roland, non, répondit-elle, sans que le plus léger sourire vînt altérer le sérieux de son expression. Ce que je vous ai dit, il y a bien long-temps, un jour que nous étions assis sur le mur du verger, est toujours aussi vrai : le sort m'a desti-née à être vieille fille.

Ce fut le cœur heureux et allégé que certain jeune homme rentra dans la maison. Toute la journée Madeline s'occupa de Lina avec une ten-dresse toute particulière, et celle-ci lui témoigna à son tour une affection plus marquée, mais où l'on sentait une nuance sérieuse.

Lina pensait depuis longtemps que Roland et Madeline s'aimaient. Leur passé, leurs manières, l'enthousiasme avec lequel ils parlaient l'un de l'autre la confirmaient dans son opinion.

Pourquoi donc Lina se répéta-t-elle avec insis-tance pendant toute la journée qu'elle en était bien contente, que c'était la chose la plus con-venable et la plus heureuse qui pût arriver ?

Et pourquoi le son de la voix de Roland tel qu'elle l'avait entendu la veille revenait-il sans cesse comme un écho doux et lointain se mêler à ses pensées ?

Deux ou trois jours après l'entretien du ravin, les trois jeunes gens se promenaient un soir sur la terrasse ; le temps était splendide, la lune était pleine et brillait au milieu d'un ciel parsemé d'étoiles innombrables.

— C'était par une soirée comme celle-ci, pensa Madeline ; seulement d'ici on n'entend pas le murmure de la mer. Si je n'étais pas en tiers, qui sait?

Elle prit un prétexte pour rentrer et.... ne revint pas. Elle passa le reste de la soirée avec sa tante et les deux messieurs et, sans qu'on sût comment, Roland devint le sujet de la conversation. Madeline n'avait-elle pas eu quelque influence sur cela? L'enfance du jeune homme, sa vie à Bayberry étaient un thème d'un intérêt inépuisable pour M. Duncan et tous les Earle, même pour tante Rachel, qui par principe mettait une grande parcimonie dans ses louanges, mais qui oublia toutes ses habitudes de modération quand son tour vint de parler de celui qui jouait si bien le rôle du fils de la maison.

Le Squire redit, avec un bonheur toujours nouveau, l'étonnement et la joie qu'ils avaient éprouvés lorsque Roland, au retour de New-York, leur avait appris l'histoire et le nom de son père avec tous les détails recueillis de la bouche d'un ami de ce père qui l'avait aimé sans le connaître. Pour les gens âgés comme pour les plus jeunes, il y avait dans ces récits tout l'attrait d'un merveilleux roman.

L'oncle Donald fut assiégé de minutieuses questions sur M. Beresford, chaque éclaircissement offrant un nouvel intérêt à la famille de Bayberry.

On causait ainsi depuis longtemps lorsqu'on vit brusquement entrer Roland donnant le bras à Lina. Comme elle était jolie sous le châle blanc dont sa tête était couverte ! et quel éclat brillait dans ses yeux bleus ! La virilité masculine et la grâce de la femme semblaient se mettre réciproquement en relief dans ce couple, au moment où il apparut ; puis Lina retira son bras et s'approcha de son oncle.

Il y avait sur ses traits une expression inconnue.

M. Donald, qui savait lire dans les pensées de sa bien-aimée, l'observa un instant, puis il jeta un coup d'œil sur Roland. Son neveu et sa nièce avaient bien des fois affirmé qu'il possédait un instinct surnaturel pour découvrir la vérité. Il donna une nouvelle preuve de ce don.

— Qu'est-ce que ce mauvais sujet-là a donc dit à ma petite fille ? demanda le bon oncle en entourant Lina de son bras.

Les joues de la pauvre enfant devinrent pourpres : elle ne s'était pas attendue à ce que cette
révélation se fît d'une façon aussi brusque.

— Il a dit.... il a dit.... balbutia Lina.

— Je le sais ; il a cherché à m'enlever mon
agneau chéri.

Roland vint se placer devant l'ami de son père ;
toute la force et la tendresse de la nature brillaient
sur sa physionomie ouverte lorsqu'il dit de sa voix
sympathique :

— Mais seulement avec votre pleine et joyeuse
approbation, oncle Donald, voulez-vous me la
donner ?

Il y eut un court silence. Quand M. Duncan
reprit la parole, il y avait un léger tremblement
dans sa voix, mais cependant elle était pleine de
décision et de tendresse :

— Vous me l'avez retirée de la tombe, dit-il, et
maintenant je vous la donne, elle est ce que je
possède de plus précieux au monde. Le fils de
Jacques Beresford l'a bien méritée ! — Il les appela ses deux enfants et demanda à Dieu de les
bénir.

Il était bien tard quand on eut épuisé le chapitre
des étonnements et des félicitations et que les
deux jeunes filles se trouvèrent seules ; alors Lina

confia à Madeline que ce qui venait de se décider avait été pour elle une suite de surprises. Elle ne pouvait pas découvrir quand elle avait commencé à aimer Roland, mais elle soupçonnait un peu que cela pouvait dater du moment où, après s'être senti enlever dans ses bras vigoureux, elle avait rouvert les yeux dans le bateau et, encore à demi évanouie, avait vu ce beau visage si plein de compassion penché sur elle.

Mais, ajouta-t-elle, elle avait toujours regardé comme certain que lui et Madeline.... elle n'acheva pas.

— Je sais, je sais, ma chérie, dit Madeline en l'embrassant. Mais cela ne se pouvait. Nous avons toujours été frère et sœur, et vous venez comme pour former un nouveau et charmant lien de plus entre nous. Ah ! Lina, je bénis Dieu de vous avoir donnée à nous. Tout cela est merveilleux !

Ce ne fut que longtemps après, que Lina eut connaissance de la conversation de Rhode-Island et de l'entretien du ravin, mais cela arriva ; elle était une de ces femmes auxquelles il est sage et facile pour un fiancé de tout dire.

CHAPITRE XIII

Guy Duncan resta dans l'Ouest tout l'hiver.

Il écrivait souvent, et ses lettres étaient des sources de bonheur pour son oncle. Il y trouvait plus de tendresse et de pensées sérieuses, et il présumait que cela venait d'une expérience nouvellement acquise.

Mais Guy ne donnait aucune explication à ce sujet ; du reste, ce changement n'avait frappé M. Duncan qu'après son retour de Bayberry. Jusque-là ses missives avaient toujours eu le même cachet de gaieté, on y retrouvait leur auteur électrisé par l'activité de sa vie physique et aventureuse, et témoignant une affection qui s'augmentait en proportion de son éloignement. Du reste il avait toujours été affectueux et expansif.

L'habitude s'était établie que Lina lût à haute voix à son oncle les lettres qui arrivaient de son frère. Il en jouissait mieux ainsi, et, quand quelque passage révélait un nouveau degré de force ou un sentiment plus profond, il l'interrompait en disant :

— L'instinct de Guy était juste ; je crois que cela a été un grand acte de sagesse que de le laisser aller seul.

— Je commence, cher oncle, à le penser aussi, quoiqu'il m'ait semblé que tu avais perdu tout ton bon sens lorsque tu as donné ton consentement. Mais il y a des siècles qu'il est parti ! Tu sais bien que tu as tout autant que moi le désir de le revoir. Quand lui diras-tu de revenir ?

— Jamais, mon enfant ; je n'interviendrai pas plus dans son retour que je ne l'ai fait dans son départ. Sa vie est maintenant entre ses mains.... et entre celles de Dieu.

Lina aussi écrivait de longues épîtres à son frère.

Elle lui raconta toute la visite à Bayberry et ce qui s'y était passé de remarquable.... sauf la chose la plus remarquable de toutes ; à cet égard elle observa un silence absolu.

Dès le commencement des fêtes de Noël, Roland et Madeline arrivèrent chez M. Duncan, ainsi que cela avait été convenu pendant la réunion de Bayberry.

Leur séjour se passa d'une manière plus calme que la première fois. Sans doute cela venait en partie de l'absence de Guy, qui précédemment était l'âme et l'instigateur de tous les plaisirs ; mais aussi Madeline ressentait de secrètes inquiétudes à l'égard de son père dont la santé s'était visiblement altérée. Sans avoir aucune maladie apparente, il allait s'affaiblissant ; il ne se plaignait pas, mais il répétait souvent qu'il se faisait bien vieux et se sentait peu enclin au mouvement ; la plupart du temps, il restait dans son grand fauteuil, qui avait sa place habituelle à l'un des coins du salon, et tenait seulement à avoir à sa proximité une table et son pupitre à lire.

Malgré ce calme relatif, la seconde visite fut aussi délicieuse que possible ; naturellement M. Donald et Madeline se trouvèrent plus souvent réunis, et la tendresse réciproque, ce mot n'est pas trop expressif, de la jeune fille et de l'homme parvenu à l'âge mûr grandissait à mesure qu'ils se connaissaient mieux.

— Elle n'a aucune idée de sa puissance, et ne soupçonne ni les profondeurs ni les besoins de sa nature si belle, si rare, si riche, pensait M. Donald. Quelle femme elle serait pour un homme qui saurait la comprendre et l'apprécier ! Mais qu'il faut de noblesse dans l'âme pour cela, et avec tant de cœur et d'imagination elle est bien exposée à faire une méprise qui influera sur toute sa vie !

Quelquefois il songeait en même temps à son neveu et à Madeline, et à sa pensée se mêlait son désir.

Quel bonheur pour Guy s'il avait une telle femme ! Mais ce n'était là qu'un de ces rêves charmants qu'on ne voit pas souvent se réaliser en ce monde. A vingt et un ans, ce garçon ne saurait pas, ainsi que cela arrive généralement à de très jeunes gens, discerner la perfection qui se trouvait à sa portée, et son imagination se laisserait captiver par quelque être bien inférieur. D'ailleurs, M. Duncan mettait Madeline à un niveau si élevé, qu'il n'était pas sûr que son beau neveu, tout brave, tout généreux, tout excellent qu'il le jugeait, fût digne d'elle.

Roland Beresford faisait dorénavant partie de la famille Duncan. Quant à présent, Lina et lui devaient se contenter de s'aimer et de le savoir.

L'oncle Donald n'aurait pas consenti à se priver déjà de son enfant chérie, et bien probablement

Roland ne voudrait pas quitter la famille Earle, tant que son bienfaiteur vivrait.

Le vieillard continua à décliner pendant l'hiver, et au printemps, quand le jeune homme alla visiter les Duncan, Madeline ne put l'accompagner, comme cela avait été projeté.

Son père semblait ne plus pouvoir la perdre de vue ; elle paraissait être le lien unique qui le retint encore à la vie.

. . . .

Ce fut dans les premiers jours de juin, que Guy revint au foyer. Il ne s'était pas annoncé, et causa une surprise générale en arrivant sans bruit, un instant avant le souper.

Il s'arrêta sur le seuil du salon, où Lina se trouvait seule ; la vie qu'il avait menée pendant un an dans les plaines l'avait beaucoup développé ; son teint était brun, et il portait une moustache épaisse.

Sa sœur ne le reconnut pas tout d'abord, mais il lui sourit et se mit à chanter un couplet d'une chanson qu'ils aimaient dans leur enfance ; aussitôt elle poussa un cri et vola dans ses bras. L'oncle Donald entendit ce cri du jardin, où il donnait des ordres ; il prêta l'oreille, puis se dirigea rapidement vers la maison, mais n'eut pas le moindre soupçon de ce qui se passait, jusqu'au moment où il vit le jeune homme brun et barbu qui pressait Lina sur son cœur.

Pendant bien des jours il ne fut question que de la vie de Guy durant l'année qui venait de s'écouler. L'oncle et la nièce furent transportés dans les plaines et les déserts, où ils assistèrent à des combats d'ours et à des chasses au buffle, puis dans les wigwams indiens et les huttes en troncs de sapin ; ils gravirent les sommets solitaires des montagnes, y poursuivirent l'elk et le chamois, et quand Guy les laissa redescendre de ces hauteurs qui leur donnaient le vertige, M. Duncan avait presque oublié son goût pour la lecture.

Il délaissa ses livres et pendant bien des jours n'eut d'autre désir que d'écouter son neveu ; une expression de profonde satisfaction brillait souvent dans ses beaux yeux gris, tandis que son regard calme et interrogateur étudiait la physionomie de Guy pendant ses récits. Le jeune homme n'avait rien perdu de son ardeur, de sa vivacité d'imagination ; la vie, la gaieté et la malice débordaient toujours en lui, et cependant on sentait qu'au fond il s'était opéré un changement.

Il s'y révélait plus de profondeur et de poids, on y discernait ce calme pouvoir sur soi-même qui lui manquait auparavant.

L'impression produite par les lettres de Guy sur l'opinion de son oncle à son égard se fortifiait de plus en plus à chaque nouvel entretien, et M. Donald acquiérait la conviction que son neveu ne revenait pas le même qu'il était parti. Au moral comme au physique, il s'était élevé à des sommets, avait descendu à des profondeurs qui avaient fait de lui un homme nouveau dont le jugement s'était exercé et affermi.

Mais cette observation ne fut pas exprimée par celui qu'elle remplissait de joie.

Les jours se succédèrent, et le frère et la sœur retrouvèrent leur ancienne et profonde intimité, mais, chose étrange, sans qu'ils se communiquassent les deux plus importants événements qui eussent eu lieu dans leurs vies respectives.

Le secret de Lina se découvrit cependant et de la manière la plus inattendue. M. Duncan avait, dans une promenade, rencontré le facteur: il rentra porteur du courrier et, en présentant une lettre à Lina, il lui dit avec un sourire :

— C'est de notre jeune homme, ma chérie.

Tout en voyant le sourire et en entendant ces paroles, Guy n'en tira aucune induction.

Il connaissait toute la sympathie de son oncle

pour le fils de son ancien ami ; M. Duncan avait pu prendre quelquefois Lina pour secrétaire ; puis, Roland avait droit à tant de reconnaissance que, surtout après le départ de Guy, il n'y avait rien d'étonnant que, selon les habitudes de la libre Amérique, il se fût établi une correspondance amicale entre lui et celle qui lui devait la vie.

Jusqu'au départ de Guy, le frère et la sœur n'avaient jamais rien eu de caché l'un pour l'autre, aussi, quand il eut pris connaissance de sa correspondance, il dit tout naturellement à la jeune fille :

— Voyons les nouvelles de Bayberry, et il tendit la main sans avoir le plus léger soupçon que la lettre qu'il demandait pouvait renfermer des choses qui ne lui étaient pas destinées.

Lina recula vivement la main qui tenait la missive et fit entendre un petit rire nerveux. Il y avait des passages sur lesquels Guy ne pourrait se méprendre. La situation lui paraissait embarrassante, et ce cruel oncle qui, elle le sentait, jouissait intérieurement de sa confusion !

— Ne pourrais-je te lire cette lettre, Guy ? demanda-t-elle en dernière ressource.

— Mais certainement ; cela me plaira même beaucoup mieux, et il se renversa sur son siège sans la moindre méfiance qu'il y eût un secret sous roche.

— Que les hommes sont donc des créatures stupides ! pensa Lina, moitié contrariée et moitié réjouie ; une femme aurait deviné tout de suite.

— Ma chérie, il faudra que cela se découvre un jour ou l'autre ; pourquoi pas aujourd'hui ?

— Chut ! chut ! mon oncle, dit involontairement la jeune fille en se colorant vivement, sans savoir pourquoi il lui semblait maintenant plus difficile d'informer Guy que tout autre de son secret.

A ce moment, un soupçon pénétra à travers la stupidité masculine de Guy.

— Est-ce que quelqu'un me cache un secret ici ? et son regard interrogea alternativement son oncle et sa sœur. Serait-il possible que ma petite Lina me traitât ainsi ?

—Ai-je ta permission de parler, petite ? demanda l'oncle les yeux pleins d'une malice que compensait un peu l'aimable sourire qu'il adressait à Lina.

— Pas avant que je me sois sauvée ! dit-elle en voyant qu'il n'y avait plus moyen de différer.

Comme elle allait ouvrir la porte, Guy s'élança et l'entoura de ses bras en s'écriant :

— Non vraiment! tu es une fille trop courageuse pour avoir recours à la fuite ; quel que puisse être ce secret, oncle Donald, ma sœur ne doit avoir aucune raison d'éprouver de la honte devant moi pendant que je l'apprendrai de votre bouche.

— Voici ce grand secret, Guy, s'empressa de dire M. Duncan, heureux de pouvoir délier sa langue, tandis que Lina cachait sa rougeur sur l'épaule de son frère. Depuis que tu nous as quittés, elle t'a donné un frère et à moi un neveu dont le nom est.... Roland Beresford !

Il se passa un bon moment avant que Guy parût comprendre.

La façon dont il recevait cette grande nouvelle surprit et affligea Lina ; son oncle en ressentit de l'inquiétude. Il avait pâli, ses yeux ébahis allaient de M. Donald à sa sœur.

— Toi, Lina Duncan, fiancée à Roland Beresford ? dit-il lentement comme s'il eût éprouvé de la difficulté à faire pénétrer dans son esprit le sens de ces paroles.

Il avait laissé Lina se dégager de ses bras ; elle aussi avait pâli.

— Guy, n'as-tu rien de mieux que cela à me dire ? demanda-t-elle d'une voix où le chagrin se mêlait au désappointement. Il croit que je le délaisserai, que je ne serai plus sa Lina, à lui, et qu'à l'avenir nous ne serons pas l'un pour l'autre comme par le passé ! pensa-t-elle.

— J'ai été pris au dépourvu, c'est une grande surprise, Lina, dit-il enfin, sans que son regard perdît son expression distraite ; je ne puis te dire en ce moment combien est grand mon étonnement. Mais je puis t'affirmer que je suis très content, et qu'il n'y a pas au monde un homme que j'aimasse autant à avoir pour beau-frère que Roland Beresford ! et, l'attirant à lui, il l'embrassa avec une vive tendresse.

Il fit ensuite quelques questions ; comment cela était-il arrivé ? à quelle époque ? Il y avait peu de chose à répondre.

La connaissance commencée sous de tragiques auspices avait amené les plus calmes fiançailles. En se promenant un soir au clair de lune, sur la terrasse de Bayberry, Roland avait demandé sa main. Elle ne s'y attendait pas le moins du monde, mais elle avait découvert tout d'un coup qu'il lui plaisait... depuis... elle n'aurait pu dire quand. A peine avait-elle fait cette découverte, que Roland l'avait conduite à l'oncle Donald, qui avait donné son consentement de la manière la plus drôle et la plus charmante.

Guy écoutait, mais il avait toujours l'air d'être sous l'empire d'une profonde préoccupation.

Pendant le reste du jour, il ne fit à Lina aucune de ces taquineries que deux ans auparavant il ne lui aurait pas épargnées en pareilles circonstances. Il y avait dans sa physionomie une gravité que l'on remarqua, et dans ses manières avec sa sœur une tendresse dont elle fut très touchée.

Cependant elle ne savait que penser de lui, et aussitôt qu'il s'éloigna, elle dit avec émotion à son oncle :

— Que peut donc avoir Guy ?

— J'avoue que je ne l'ai pas encore compris. Mais ayons patience ; tout s'éclaircira, et pour le mieux, j'espère, mon enfant.

La sagacité de l'excellent oncle était mise à une rude épreuve. Il s'était attendu que Guy serait extrêmement étonné au premier abord, puis peut-être un peu peiné en pensant qu'une nouvelle affection allait se mettre entre sa sœur et lui. Mais il y avait du mystère sous l'émotion, dont on ne saisissait pas la vraie nature, avec laquelle il avait accueilli la grande nouvelle.

M. Duncan ne soupçonnait nullement quelle révélation Guy avait eue dans l'heure terrible et suprême de sa vie, ni que depuis des mois il existait

au fond de son cœur un amour silencieux et sans
espoir.

Le jeune homme était tombé dans la même er-
reur que sa sœur : en revenant chez lui, il était
fermement résolu à se résigner à ce qu'il ne pouvait changer et il voulait se montrer courageux
devant cette épreuve.

Lorsqu'on se retrouva pour le souper, Guy avait
repris sa physionomie ouverte, mais sa gaieté n'a-
vait pas complètement reparu. On ne fit pendant
le repas aucune allusion au sujet qui les préoccu-
pait tous ; mais, quand le crépuscule se fut répandu
sur la terre et qu'ils furent tous trois entrés dans
la bibliothèque pour y passer la soirée, Guy attira
sa sœur près de lui et dit :

— Ne t'ai-je pas témoigné tantôt beaucoup de
froideur et fort peu de sympathie ?

— Oh ! mon ami, ça n'a pas été jusque-là. Seulement tes manières m'ont fort étonnée. J'ai
craint...

— Quoi donc ?

— Que tu ne te fusses figuré que ma nouvelle
affection nous éloignerait l'un de l'autre. Jamais
cela ne pourra arriver, mon Guy bien-aimé, dit-
elle d'un ton convaincu.

— Je n'ai pas eu un instant cette pensée, ma

petite Lina. Malgré tout ce que j'ai pu paraître, rien au monde ne pouvait me procurer une plus grande joie que ce que j'ai appris aujourd'hui.

Il y avait de la solennité dans sa voix. Lina savait qu'il était incapable de lui déguiser la vérité, et cependant elle ne se sentait pas complètement satisfaite.

Un instant après, Guy reprenait la parole :

— J'ai encore une histoire à vous raconter, bien différente de toutes celles que vous connaissez déjà. Quand vous l'aurez écoutée, vous comprendrez pourquoi je l'ai différée de quelques jours.

Quelques minutes après, Lina avait oublié tout ce qui la concernait personnellement, car Guy racontait son aventure avec l'Indienne et les brigands, la nuit où il avait vu la mort de si près. Il ne cacha rien de ce qu'il avait senti et pensé dans cette heure cruelle, si ce n'est la révélation qui s'était faite à lui au milieu de l'angoisse et du danger.

Il était plus de minuit quand Guy eut achevé.

— Je ne suis plus et je ne redeviendrai jamais ce que j'étais avant cette nuit-là. Rien dans le monde ne m'apparaît sous le même jour. Cette demi-heure a divisé ma vie en deux époques bien distinctes. Tant qu'on n'a pas vu la mort en face, on ne sait pas ce que vaut la vie.

Ce que l'oncle et la sœur éprouvèrent en écoutant ce récit, je vous le laisse à penser. Quelle
plume serait assez éloquente pour décrire les émotions de leurs âmes en comprenant que Guy leur
revenait du bord de la tombe ; il leur semblait
même qu'il y était réellement descendu et en était
ressuscité pour se réunir à eux !

— Dès le premier moment, mon ami, dit M. Donald, j'ai vu, j'ai apprécié la transformation qui
s'est faite en toi. Maintenant je me l'explique.

— Oui, cela a modifié tous mes sentiments, mes
aspirations, mes projets, si toutefois je puis dire
que j'eusse formé quelque projet d'avenir. Mais il
faut que ce changement ait des conséquences pratiques. Je veux me mettre au travail, je n'ai pas
encore décidé en quel genre. A dire vrai, je ne me
préoccupe pas tant de savoir quelle sera ma carrière que d'y mettre toute mon âme et de faire
qu'elle soit réellement profitable à mes semblables.

On échangea dans cette soirée bien d'autres
pensées nobles et tendres qui devaient se graver
dans la mémoire de tous, mais il n'y en eut pas
qui surpassât ce que Guy venait de dire.

CHAPITRE XIV

La semaine suivante, M. Earle était assis sous la véranda pour voir le soleil se coucher et les bestiaux rentrer des pâturages. Il se plaisait à assister presque tous les soirs à ce spectacle champêtre, ses yeux étaient flattés par les couleurs variées des vaches sur lesquelles les rayons du soleil couchant répandaient des teintes encore plus chaudes. Cela le reportait, disait-il, au temps où tout petit garçon il venait à cette même place voir des scènes semblables. Depuis quelque temps il avait beaucoup de ces réminiscences et de petites fantaisies que sa sœur et sa fille s'empressaient de satisfaire.

Il était donc assis dans son fauteuil, ses mains amaigries étaient appuyées sur la pomme d'or de sa grande canne. Sa tête était nue et sa chevelure argentée, encore abondante, brillait au soleil. Il avait toujours ce même bon sourire dans le regard qui semblait voir au loin dans le passé et dans l'avenir. Son affaiblissement avait été si graduel que les personnes qui l'entouraient ne pouvaient s'en rendre compte exactement, mais pour ceux qui ne l'avaient pas vu depuis un an le changement était frappant.

Madeline était debout derrière son père, que selon son désir elle ne quittait que bien rarement. Elle portait une robe blanche sur laquelle tranchaient des rubans et une écharpe de cachemire bleu-ciel. que, pour amuser le malade, elle avait drapée sur ses épaules à peu près comme un montagnard écossais jette son plaid ; l'effet était merveilleusement pittoresque.

Sa tête semblait entourée d'une auréole, et le bien-être dont son père paraissait jouir donnait à la jeune fille une ravissante expression de bonheur.

La grille extérieure s'était ouverte et un étranger s'avançait dans l'allée principale. Madeline ne le reconnut qu'au moment où, s'arrêtant sur la première marche, il ôta son chapeau et sourit. C'était Guy Duncan, bruni, barbu et vigoureux, tel que

la vie des plaines l'avait fait, mais il avait toujours sa tenue et sa démarche gracieuses.

Elle lui tendit la main ; sa figure plus encore que ses paroles lui souhaitait la bienvenue.

Le Squire voulait se lever pour accueillir son jeune ami, mais Guy ne le lui permit pas. Son cœur s'était serré en voyant la lenteur des mouvements du vieillard tremblant et affaibli.

Guy expliqua la soudaineté de son apparition par les habitudes fantasques qu'il avait contractées dans la vie des frontières. Il avait abandonné l'oncle Donald et Lina pour venir passer vingt-quatre heures à Bayberry, sans avoir même laissé soupçonner le but de cette absence. Il avait promis d'en divulguer le secret à son retour, et, comme après avoir traversé et exploré le continent, il en était revenu sain et sauf, nul ne pouvait lui refuser la faculté de circuler dans l'État même où il était né.

Il dit tout cela avec l'entrain qu'on lui connaissait, et Madeline pensa qu'il était bien le même Guy qu'elle avait vu pour la première fois, deux ans auparavant.

A l'ouïe d'une voix étrangère, tante Rachel sortit du salon ; une lueur de satisfaction réelle se répandit sur son visage ridé quand elle exprima au

jeune homme la joie qu'elle éprouvait en le re-
voyant sous le toit de son frère.

Roland était absent pour la plus grande partie
de l'été ; il était chargé de tracer des routes dans
les solitudes des comtés du Nord.

Madeline lui dit tout cela, mais, grâce à sa sœur,
il était d'avance parfaitement renseigné sur les
allées et venues de son futur beau-frère.

Il y avait huit jours qu'il avait appris que sa
sœur était fiancée et il était venu à Bayberry pour
apprendre autre chose. Il avait cédé à une soudaine
impulsion après avoir été pendant toute une semaine hanté par la crainte que Madeline n'eût
imposé silence à ses sentiments réels et que son
affection pour Roland ne fût différente de celle
d'une sœur. Il n'avait pas, cela se comprend, découvert cette pensée à Lina et il savait que l'amour-
propre et la générosité de Madeline ne permet-
traient pas à son secret, s'il en existait un, de lui
échapper.

Mais au premier coup d'œil qu'il jeta sur elle, en
la voyant appuyée au dossier du fauteuil de son
père et éclairée par le beau soleil couchant, Guy
comprit avec la perspicacité de l'amour qu'elle n'a-
vait aucun secret à dissimuler.

Cette physionomie sereine et ouverte n'était pas

celle d'une personne dont le cœur aurait regretté de perdre ou de céder Roland.

Le souper fut fort gai et la soirée fort agréable. Guy captiva ses auditeurs par des récits d'un monde étrange qui les étonnèrent autant que s'il leur avait raconté un voyage dans la lune. En l'écoutant, M. Earle se ranima et parut infiniment mieux qu'il n'avait été depuis longtemps.

Les deux vieillards se retirèrent de bonne heure selon leur habitude, et les jeunes gens se trouvèrent seuls. Tout à coup, Guy alla prendre une chaise à côté de celle de son amie.

— Mademoiselle Madeline, dit-il, m'avez-vous fait l'honneur de chercher un peu ce qui a pu m'amener chez vous d'une façon si peu cérémonieuse?

Elle le regarda d'un air un peu surpris et avec ce sourire qu'il se rappelait si bien.

— Je m'en suis rapportée à vos explications ; je crois toujours les gens sur parole, vous savez ; seulement je crains que votre visite ne soit guère agréable entre deux vieillards et moi. Ah ! que Roland n'est-il ici !

— Je ne suis pas venu pour lui, mais tout expressément pour vous voir et vous raconter quelque chose. Puis-je commencer maintenant, Madeline Earle?

Il avait prononcé ce nom lentement et avec douceur comme personne ne l'avait encore accentué. Elle l'aurait remarqué davantage si elle n'eût été préoccupée des paroles étranges qui l'avaient précédé.

— Oui, oui, répondit-elle, comme aurait pu faire une enfant curieuse, pensa Guy.

Ce que le jeune homme raconta à Madeline assise à côté de lui près d'une fenêtre ouverte qui laissait entrer la fraîcheur et les parfums d'une belle nuit d'été, ce fut l'histoire de cette heure unique qui faisait ressembler toutes les autres heures de sa vie à celle où l'on se réveille d'un rêve.

Tandis qu'il parlait, elle attachait sur lui ses grands yeux si pleins d'intérêt, de sympathie et de compassion, que bientôt les larmes les obscurcirent et elle pâlit au point que ses lèvres se décolorèrent.

Il lui dit alors ce qu'il n'avait pas confié à son oncle et à sa sœur, la vérité qu'il avait apprise et l'amour qu'il avait découvert à l'heure où la vie et la mort étaient en présence et où il avait fait son choix.

Il sut exactement à quel moment elle commença à comprendre ce qu'il voulait lui exprimer, car elle cessa de le regarder et laissa tomber sa tête dans ses deux mains ; ce fut alors qu'elle entendit Guy lui dire dans le silence de la nuit :

— Vous savez maintenant, Madeline, ce qui m'amène ici aujourd'hui ; ce n'est qu'hier que j'ai pris cette résolution. Je dois vous dire aussi que je ne suis revenu de l'Ouest que quand j'ai été sûr de moi-même, sûr que je saurais me conduire dans la vie, me mettre à l'œuvre courageusement, sans vous, et même en vous voyant, s'il le fallait, appartenir à un autre. Cependant je savais alors, et j'en ai toujours été convaincu depuis, que vous êtes la seule femme au monde que je puisse aimer. J'ai besoin de votre sympathie, de votre idéal, de votre intimité, de votre présence pendant toute la vie, pour me développer et me maintenir au niveau le plus élevé auquel je puisse parvenir. Même le souvenir de cette heure n'aura pas toujours ce pouvoir ; je sais maintenant ce que la lutte pourra être. J'aurai de nombreuses rechutes, des accès de découragement, de faiblesse, en face de la difficulté ; j'aurai à vaincre mes anciennes habitudes d'égoïsme et d'indolence.

» Mais, parce que vous m'êtes nécessaire, ce n'est pas une raison pour que je vous possède. Quand même vous seriez assez généreuse pour cela, je ne voudrais pas que vous vous donnassiez à moi pour ce seul motif.

» Il me semble que si j'avais une vague espérance, si je pouvais apprendre de votre bouche qu'il y a dans l'avenir une probabilité en ma faveur, je pourrais entreprendre mon œuvre, une œuvre pour le service de Dieu et le bien du monde qu'il a créé, avec le cœur le plus heureux, le plus courageux qui ait jamais battu dans la poitrine d'un homme.

» Mais comment puis-je oser vous parler ainsi, Madeline, sachant ce que *je* suis et ce que *vous* êtes? Et cependant je ne prétends pas paraître plus humble que je ne suis. Quand même je saurais que je dois mourir cette nuit, je ne désirerais pas rétracter un seul mot de ce que je vous ai dit. »

Et c'était le beau, l'élégant Guy Duncan qui faisait une déclaration pareille à celle qu'il désirait obtenir pour femme!

Lorsqu'il s'arrêta, elle resta quelques moments immobile, la tête toujours cachée dans ses mains. Elle cherchait à s'assurer de ce qu'elle éprouvait. Il n'était pas possible qu'avec son cœur et son imagination elle ne fût pas touchée et émue par tout ce qu'elle venait d'entendre.

Mais Guy savait bien qu'il n'y aurait ni affectation ni détours dans sa réponse. Il attendit patiemment, tandis que la brise de la nuit agitait les feuilles et que les étoiles brillaient au firmament. A la fin elle releva la tête. Son visage était calme et pâle, mais la sincérité et la tendresse l'illuminaient.

— Je ne suis pas sûre ; je ne puis encore dire ce que je pense ; seulement, il me semble que c'est Dieu qui vous a envoyé à moi pour me parler comme vous l'avez fait. *J'espère que c'est Lui!*

Ce fut tout. Nulle autre femme que Madeline Earle n'aurait répondu ainsi.

Il était très tard. Il n'y eut pas d'autres paroles échangées entre eux ; il y a des moments où même les plus tendres et les plus suaves ne doivent pas troubler le silence qui règne entre deux âmes.

En se dirigeant vers sa chambre, Madeline s'arrêta un moment à la porte de son père. Elle avait pris l'habitude d'entrer voir s'il n'avait besoin de rien avant de se coucher elle-même. Il était plus de minuit ; elle hésita un moment, car sans doute il dormait depuis plusieurs heures. Mais l'habitude et peut-être une vague inquiétude l'emportèrent, elle ouvrit doucement la porte et entra.

Son père était dans son fauteuil, ses livres étaient devant lui et la lampe brûlait encore sur la table.

Elle fut très étonnée; mais elle savait que M. Earle avait de fréquentes insomnies et que souvent il se levait et lisait une partie de la nuit.

— Papa, dit-elle avec une profonde tendresse en s'avançant vers lui, vous prenez de bien mauvaises habitudes sur vos vieux jours.

Elle se tut: sa lumière avait éclairé cette tête vénérable; un sourire de paix ineffable était répandu sur le visage, mais qu'il était pâle!

— Papa! papa! dit-elle d'une voix alarmée qui lui donna le frisson; elle étendit la main et toucha son front de ses doigts tremblants. Elle sentit le froid du marbre et comprit.

Ainsi c'était seul, au milieu de la nuit, que son père était entré dans une autre vie; et les portes de la mort s'étaient refermées entre eux!

La réalité fut pour elle une secousse terrible, surtout après la vive émotion d'un genre si différent qu'elle venait de ressentir.

Elle poussa un cri aussitôt étouffé par l'angoisse avec laquelle l'être aimant qui survit rappelle en vain ses morts. Elle entoura de ses bras le cou de son père, en s'écriant:

— Oh papa! mon père chéri, ne délaisse pas ta fille!

La chambre de Guy se trouvait en face de celle

de M. Earle. Il entendit le cri de Madeline. La vérité se révéla aussitôt à lui. Il se précipita de sa chambre dans celle du Squire. Il vit Madeline se cramponnant dans un paroxysme de douleur au cou du vieillard.

Il s'approcha d'elle, et détacha doucement ses bras. Elle leva sur lui des yeux fixes et égarés par la douleur.

— Papa est mort ! dit-elle, il est parti pour toujours et m'a laissée seule !

La vue de ce vénérable vieillard qui avec le sourire de la paix sur les lèvres était encore assis là, après qu'il avait cessé de vivre, le spectacle de la cruelle douleur de l'orpheline déchirèrent l'âme de Guy ; il ne s'arrêta pas à réfléchir :

— Vous n'êtes plus seule, Madeline, me voici pour vous protéger à sa place. Il faut, comme vous l'avez dit, que ce soit Dieu qui m'ait envoyé !

Elle se tourna vers lui et étendit les mains comme une personne tâtonnant dans les ténèbres du côté où elle entendrait la voix de celui qui la rappellerait à la lumière, et Guy la reçut dans ses bras.

Il comprit au fond de son âme que, le sachant ou non, Madeline venait de lui confier son avenir.

Il se fit un léger bruit du côté de la porte et ils

y aperçurent tante Rachel qui avait à la hâte passé sa robe de chambre.

— Est-ce que Richard a quelque chose? demanda-t-elle d'une voix brève et alarmée.

Alors les jeunes gens s'oublièrent eux-mêmes, pour ne s'occuper que de la pauvre vieille femme qui, frappée dans sa plus chère affection, réclamait leur appui et leurs consolations.

FIN

Châteauroux. — Typ. et Stéréotyp. A. MAJESTÉ.

c